Seit Neustem haben die Behrens nicht nur Ponys auf dem Reiterhof ...

Agatha, Blümchen, Edelweiß und Dotti

... sondern auch Hühner. Jetzt ist jeden Tag Ostern, weil wir die Eier suchen!

Karlina

Mit Karlina ist immer alles doppelt so schön!

Conni und die Ponyspiele

Band 1 Conni auf dem Reiterhof
Band 2 Conni und der Liebesbrief
Band 3 Conni geht auf Klassenfahrt
Band 4 Conni feiert Geburtstag
Band 5 Conni reist ans Mittelmeer
Band 6 Conni und der verschwundene Hund
Band 7 Conni rettet Oma
Band 8 Conni und das Geheimnis der Kois
Band 9 Conni und die Jungs von nebenan
Band 10 Conni und das ganz spezielle Weihnachtsfest
Band 11 Conni und das Hochzeitsfest
Band 12 Conni in der großen Stadt
Band 13 Conni und die verflixte Dreizehn
Band 14 Conni und der Dinoknochen
Band 15 Conni und das tanzende Pony
Band 16 Conni und der große Schnee
Band 17 Conni rettet die Tiere
Band 18 Conni und die Detektive
Band 19 Conni und der Ferienzirkus
Band 20 Conni und die Burg der Vampire
Band 21 Conni und die große Eiszeit
Band 22 Conni und das neue Fohlen
Band 23 Conni und die wilden Tiere
Band 24 Conni und das Klassencamp
Band 25 Conni und das Familienfest
Band 26 Conni geht zum Film
Band 27 Conni und das Ponyabenteuer
Band 28 Conni löst einen kniffligen Fall
Band 29 Conni und die Katzenliebe
Band 30 Conni und das große Bergabenteuer
Band 31 Conni und die Nixen
Band 32 Conni und die Nacht im Museum
Band 33 Conni und die Reise ans Meer
Band 34 Conni und die Ponys im Schnee
Band 35 Conni und das Baumhaus
Band 36 Conni geht auf Schatzsuche
Band 37 Conni und der zauberhafte Schulzirkus
Band 38 Conni und die Ponyspiele

Julia Boehme

Conni und die Ponyspiele

Mit Bildern von Herdis Albrecht

CARLSEN

C wie Conni

Kaum haben Conni und Anna all ihr Gepäck nach oben ins Mädchenschlafzimmer geschleppt, springen sie die Treppe auch schon wieder hinunter und laufen draußen über den Pferdehof.
„Los, zu den Ponys!“, ruft Conni und macht im nächsten Moment eine Vollbremsung. „Aaah!“
Das Huhn ist mindestens genauso erschrocken wie sie. Laut gackernd flattert es auf den nächstbesten Ast.
„’tschuldigung“, ruft Conni zu ihm hinauf. „Ich hatte ja keine Ahnung …“
„Ich hab’s ganz vergessen, euch zu sagen!“ Frau Behrens eilt zu ihnen hinüber. „Wir haben neuerdings Hühner!“
„Das haben wir gemerkt“, lacht Conni.
„Wie viele denn?“, erkundigt sich Anna.

„Erst mal nur vier", sagt Frau Behrens. „Eigentlich hatten wir fünf. Aber Caramella kommt wohl nicht mehr wieder."
„Was?", ruft Anna.
Frau Behrens hebt die Arme. „Sie ist immer wieder weggelaufen. Meist war sie auf dem Nachbarhof und wir konnten sie dort einfach wieder abholen. Doch diesmal ist sie spurlos verschwunden."
„Sollen wir suchen helfen?", fragt Conni sofort.
Frau Behrens schüttelt den Kopf. „Sie ist schon länger weg. Und ich fürchte, ihr ist was passiert."
„Oh, Sie meinen, der Fuchs ...?", stammelt Conni.
„Der Fuchs, der Habicht oder ein Auto. Wir wissen es nicht", meint Frau Behrens.
„Arme Caramella!", seufzt Anna.
Conni nickt.
Frau Behrens schaut zu dem schneeweißen Huhn hinauf. „Das ist übrigens Blümchen!"
„Blümchen, wie süß!", schwärmt Anna.
„Komm doch zu uns runter, Blümchen", lockt Conni.
Aber Blümchen bleibt lieber auf ihrem Ast.
„Passt mal auf, in der Küche hab ich was für euch", sagt Frau Behrens. „Besser gesagt, etwas für die Hühner."

Drinnen gibt sie Conni und Anna frische Salatblätter und ein paar gekochte Nudeln. „Hier! Und wenn ihr ganz dicke Freunde werden wollt, dann schaut mal im Komposthaufen nach Regenwürmern."
„Nach Würmern?" Anna verzieht das Gesicht.
„Wir probieren es erst mal damit!", meint Conni und zischt mit Anna nach draußen.
„Guck mal, Blümchen!", ruft sie und schwenkt eine Nudel.

Als das nicht wirkt, streuen sie ein bisschen Salat und Nudeln aus. Blümchen streckt den Hals, um

besser sehen zu können. Dann wirft sie einen Blick auf die Mädchen … und bleibt im Baum sitzen.
„Na los, Blümchen!“, bittet Conni noch mal.
„Das ist für dich!“, flötet Anna.
Schließlich kommt statt Blümchen ein anderes Huhn hinter dem Heuhaufen hervor und dann noch eins aus dem Gebüsch. Ein drittes flattert vom Scheunendach.
Gackernd machen sie sich über das Festmahl her. Da kann Blümchen nicht lange zusehen und traut sich endlich von ihrem Baum herunter. Als vom Boden alles aufgefuttert ist, picken die Hühner Conni und Anna die Nudeln sogar aus der Hand.
„Ich glaube, wir werden auch ohne Würmer Freunde“, meint Anna erleichtert.
„Ja, das machen die nicht bei jedem“, staunt Frau Behrens.
„Wie heißen die anderen Hühner denn?“, erkundigt sich Conni.
„Das dunkle ist unsere Agatha, das mit den Tupfen Dotti und das dort ist Edelweiß!“, antwortet Frau Behrens. „Wir haben sie alphabetisch benannt. Nur dass unser C verschwunden ist.“
„Das C?“ Conni schluckt. C wie Conni. Ausgerechnet!

Ottokar mit der Raspelmähne

Von der Weide her wiehert es. Karlina, Stern und Josefina stehen am Zaun und schauen zu ihnen hinüber.
„Die warten schon auf uns!“, lacht Conni.
„Das gibt’s doch nicht“, ruft Anna. „Über den Hühnern haben wir die Ponys ganz vergessen!“
Kaum ist die letzte Nudel verfüttert, rennen die zwei zur Weide rüber.
Conni weiß gar nicht, wen sie zuerst streicheln soll. Karlina und Josefina sind beides ihre Lieblingsponys. Und dann ist da ja noch Lieselotta, Karlinas supersüßes Fohlen. Neugierig stupst es Conni an. Am besten wäre es, Conni hätte ein paar Arme mehr. Denn jetzt trabt auch Amadeus zu ihr hinüber.

Das tanzende Zirkuspferd, das sie mit ihren Freunden bei Nacht und Nebel vor dem Schlachthof gerettet hat, ist Conni besonders ans Herz gewachsen.
Anna hat es da einfacher und krault Stern mit Hingabe die Mähne. Schließlich ist das „ihr“ Pony, wenn sie auf dem Reiterhof sind.
„Es ist so schön, wieder bei euch zu sein!“, seufzt Conni. Karlina schnauft genüsslich, als sie ihr über die Nase streichelt. Und als Conni den warmen Ponyatem spürt, weiß sie erst recht, wie sehr sie den Reiterhof vermisst hat.
„Hi! Das war ja nicht schwer, euch zu finden!“
Conni und Anna wirbeln herum.
Liska strahlt sie an. „Hallo!“

Schon liegen sich die drei in den Armen.
„Wie toll, dass wir endlich wieder zusammen auf dem Reiterhof sind", ruft Liska.
„Wer kommt eigentlich noch?", fragt Anna.
„Nur Lars und Moritz", weiß Liska. „Bei den Ponyspielen dürfen ja bloß fünf mitmachen."
„Ist es nicht verrückt, dass wir Ende der Woche schon ein Turnier reiten?", fragt Conni. „Und dabei haben wir noch gar keine Ahnung von den Ponyspielen."
„Ist doch egal", meint Liska. „Das sind, glaube ich, alles Anfänger!"
„Trotzdem ist es aufregend!", findet Conni.
„Allerdings", sagt Anna und wird ein wenig blass.
„Das kriegen wir schon hin", sagt Liska.
„Irgendwie."
Inzwischen haben sich alle Ponys am Zaun versammelt und werden gestreichelt, gestrubbelt und gekrault.
„Wo bleiben denn die Jungs?" Anna schaut sich um.
„Vielleicht sind sie bei den Hühnern?", überlegt Conni.
„Was für Hühner?", fragt Liska.
„Komm!" Conni rennt zum Hof zurück. Von den

Hühnern keine Spur. Erst als sie in den Garten laufen, finden sie sie. Und bei ihnen – unter dem Apfelbaum – sitzen Moritz und Lars. Die zwei haben je ein Huhn auf dem Arm und streicheln es. Agatha und Dotti scheint es zu gefallen. Ihre Augen sind halb geschlossen. Genau wie Kater Mau, wenn er sich so richtig wohlfühlt.

„Ach, hier seid ihr!“, ruft Anna.

Die beiden Jungs schauen hoch und grinsen verlegen.

„Habt ihr die auch schon mal gestreichelt?“, fragt Lars und seine Sommersprossen leuchten. „Die sind sooo weich!“

Vorsichtig streicht Conni Agatha über die Federn.

Tatsächlich! Nie im Leben hätte Conni gedacht, wie kuschlig so ein Huhn ist. Wieder und wieder streichelt sie Agatha sacht über die Flügel. Und Agatha? Fängt plötzlich lauthals zu schnurren an.
„Waah!“ Lars hätte sie vor Schreck fast losgelassen.
Agatha schlägt die Augen auf und schaut ihn vorwurfsvoll an. Was macht der auch für einen Krach? Dabei war es gerade so gemütlich!
Liska hat sich Edelweiß geschnappt. Jetzt ist nur noch Blümchen übrig. Und die hat eindeutig keine Lust, auf den Arm zu kommen. Als Conni und Anna sie hochnehmen wollen, pickt sie nach ihnen und flattert davon.
„Blödes Blümchen“, schmollt Anna.
„Die ist nicht blöd!“, mischt sich Moritz ein. „Manchmal lässt sie sich stundenlang kraulen.“
„Echt?“, fragt Anna.
„Ja, aber nicht von jedem!“ Moritz streckt ihr die Zunge raus.
„Du hast es gut und kannst jeden Tag hier sein“, meint Conni.
Moritz nickt. Er wohnt fast um die Ecke und ist der Einzige von ihnen, der ein eigenes Pony hat. Max steht bei den Behrens auf der Weide. Und da

ist es natürlich klar, dass Moritz fast mehr auf dem Hof ist als zu Hause.
Liska schaut sich um. „Gibt's hier eigentlich auch einen Hahn?"
„Nee", sagt Moritz. „Und das ist ein Fehler!"
„Wieso?", meint Anna.
„Weil Hühner in freier Wildbahn immer mit einem Hahn zusammen sind. Der Hahn hält alle zusammen und passt auf die Hennen auf. Dann wäre bestimmt auch noch Caramella hier!"
„Meinst du echt?", fragt Conni.
„Ja", brummt Moritz. „Und Papa sagt das auch und der ist schließlich Tierarzt."
„Und warum holen sich die Behrens dann keinen Hahn?", fragt Conni.
Moritz zuckt mit den Schultern. „Keine Ahnung, fragt sie doch!"
Das macht Conni auch, als Herr Behrens zu ihnen in den Garten kommt.
„Ach, der kräht doch nur!", meint der.
„Er passt auf die Hennen auf", widerspricht Conni.
„Ja, wenn man viele Hühner hat, ist ein Hahn schon gut. Aber doch nicht bei unseren vier Hennen hier", winkt Herr Behrens ab.

„Mit einem Hahn hätten Sie vielleicht noch fünf“, wirft Moritz ein.
„Glaub ich nicht“, meint Herr Behrens. „So was kann immer mal passieren.“
„Na ja“, brummt Moritz und macht ein finsteres Gesicht.
„Nun blast mal keine Trübsal. Ihr seid hier, um zu reiten, oder nicht? Und damit fangen wir gleich an!“ Herr Behrens klatscht in die Hände und strahlt. „Sobald wir uns ein bisschen aufgewärmt haben!“
Ein *bisschen* aufwärmen ist leicht untertrieben. Nachdem Herr Behrens sie mehrmals um die große Wiese gehetzt hat, und zwar im Dauerlauf, im Entengang und Seitgalopp, müssen sie die letzten Runden sprinten, um anschließend 100 Hampelmänner zu machen.
Dann tauschen sie, noch außer Atem, die Turnschuhe gegen Reitstiefeletten.
„Jetzt können wir endlich losreiten!“, freut sich Conni.

Doch weit gefehlt.
„Wie ihr wisst, trainieren wir diese Woche die Ponyspiele und wollen am Wochenende gegen die anderen Pferdehöfe antreten. Unser erstes Turnier!

Da müssen wir natürlich fit sein", verkündet Herr Behrens. „Und deswegen üben wir jetzt erst mal mit Ottokar!"
„Ottokar?", ruft Conni. „Na, toll!"
Den kennt sie nämlich schon vom Voltigieren. Es ist ein dickes Pferd mit kurzer Raspelmähne. Und ganz aus Holz. Auf dem sollen sie nun Auf- und Abspringen üben.
„Das ist das A und O bei den Ponyspielen", erklärt Herr Behrens. „Wenn ihr das nicht eins a könnt, haben wir schon verloren. Also zeigt mal, was ihr draufhabt!"
Die ersten Male kommt Conni gar nicht richtig hoch. Ist das peinlich! Dabei kann sie das eigentlich. Aber irgendwie ist sie eingerostet. Damit ist sie zum Glück nicht allein, auch Anna und Lars haben Schwierigkeiten.
„Was ist denn? Ihr seid doch keine Kartoffelsäcke! Mehr Körperspannung bitte! Und ganz bewusst abspringen!", ruft Herr Behrens. „Da, schaut euch Moritz an! Das ist super!"
Moritz springt auf und ab und auf und ab. Zwanzigmal hintereinander, ohne müde zu werden. Und jedes Mal sitzt er oben wie eine Eins. Conni schaut genau, wie er es macht, und als sie

dann wieder an der Reihe ist, versucht sie es genauso. Und schafft es endlich, wenn auch längst nicht so ausdauernd und elegant wie Moritz.
„Mit Ottokar werden wir jeden Tag trainieren“, meint Herr Behrens. „Am Ende der Woche muss das flutschen!“
„Wann dürfen wir denn endlich reiten?“, nölt Liska.
Und spricht dabei nicht nur Conni aus dem Herzen.
Herr Behrens grinst. „Na, dann los, macht eure Ponys fertig.“

Sechs wacklige Eimer

In der Sattelkammer greift Conni nach Josefinas Halfter, aber Herr Behrens hat andere Pläne.
„Nimm mal lieber Karlina."
„Darf Karlina denn wieder geritten werden?", fragt Conni, während sie mit Herrn Behrens zur Weide läuft. Schließlich hatte die Schimmelstute letzten Sommer ein Fohlen bekommen.
„Kein Problem. Lieselotta ist alt genug und kann auch mal ohne Karlina auf der Weide sein", erzählt Herr Behrens. „Amadeus kümmert sich dann um die Kleine. Seitdem muss er auch nicht mehr immer an Max' Seite bleiben. Obwohl die beiden natürlich weiterhin beste Freunde sind."
„Echt?" Conni lacht. Sonst hat Amadeus immer Theater gemacht, wenn Moritz' Pony von der Weide geholt wurde, und musste unbedingt mit.

„Ja, zum Glück!“, schmunzelt Herr Behrens. „Stell dir vor, wir hätten bei dem Turnier auch noch Amadeus und das Fohlen im Schlepptau. Da würden wir gar nicht erst zugelassen.“
Auf der Weide trabt Karlina gleich auf Conni zu.

Josefina hebt nur den Kopf und als sie sieht, dass Conni Karlina an den Führstrick nimmt, frisst sie genüsslich weiter. Sie hat wohl nichts dagegen, auf der Weide zu bleiben.
Karlina aber scheint sich zu freuen. Sie stupst ihr Fohlen zum Abschied liebevoll an und lässt sich dann von Conni Richtung Putzplatz führen.

Lieselotta läuft bis zum Gatter mit. Conni krault das Fohlen noch einmal. „Ich hoffe, du hast nichts dagegen, wenn ich mir mal kurz deine Mama ausleihe?“
Als ob Lieselotta es verstanden hätte, dreht sie sich um und trabt zu Amadeus rüber. Und obwohl er schon ein echter Pferdeopi ist, beginnt Amadeus mit ihr zu spielen und jagt über die Wiese, als sei er selbst noch ein Fohlen.
Vor dem Aufsatteln bürstet und striegelt Conni Karlinas weiches weißes Fell und kratzt die Hufe aus.
„Ist es nicht toll, dass wir zwei wieder zusammen reiten?“, flüstert sie der Stute ins Ohr und legt den Sattel auf.

Auf dem Reitplatz reiten sie die Ponys warm. Dann geht es zum neuen Reitparcours.
„Der hat genau die gleiche Größe wie die Arena bei den Ponyspielen“, verkündet Herr Behrens stolz.
Frau Behrens wartet schon auf sie.
„Wir trainieren jetzt gleich fürs erste Spiel!“, ruft sie ihnen zu.
Na, endlich! Conni strahlt. Nach dem vielen Aufwärmen wird das jetzt aber auch wirklich Zeit!

In der Mitte des Spielfelds stehen sechs Eimer.
„Ihr müsst dorthin reiten, abspringen, zu Fuß über die Eimer laufen und dann so schnell wie möglich die Bahn zu Ende reiten“, erklärt Frau Behrens die Regeln.
Das klingt leichter, als es ist. Die Eimer wackeln wie verrückt, als Conni darüber balanciert, und dabei muss sie auch noch das Pony führen.
„Warte, Karlina!“, japst Conni.
Aber die Schimmelstute trabt fröhlich weiter. Zu schnell für Conni, die prompt den nächsten Eimer umwirft.
„Bei Fehlern noch einmal beim ersten Eimer anfangen“, ruft Frau Behrens.
Na, toll!
Lars geht es nicht besser: Immer wieder zieht Nero ihn von den Eimern runter …
„Halt!“, unterbricht Frau Behrens das Training. „Wir sollten vorher wohl besser noch einmal Führen üben.“
Und so führen Anna, Liska, Lars, Moritz und Conni ihre Ponys wenig später ums Spielfeld herum.

„Wenn euer Pony euch überholt, müsst ihr es korrigieren", erklärt Frau Behrens. „Bleibt stehen und schiebt es in die richtige Position zurück."
Sie macht es mit Karlina vor. „Und dann natürlich loben und streicheln nicht vergessen."
Conni versucht es. Und wirklich! Nach ein paar Runden passt sich Karlina immer besser an, auch als Conni mal schneller oder langsamer geht.
„Jetzt probieren wir es noch einmal!" Inzwischen hat Frau Behrens noch eine zweite Reihe mit Eimern aufgestellt, sodass sie parallel üben können.
„Macht erst einmal alles ganz in Ruhe", meint Frau Behrens. „Und wenn es sitzt, geht ihr auf Tempo!"
Was? Noch schneller? Und dabei ist Conni doch auch so schon ganz außer Atem vor lauter Auf- und Abspringen.
Danach üben sie gleich das nächste Spiel. Diesmal müssen sie eine Flagge in einen Kegel stecken, der am Ende der Bahn steht. Conni bremst vor dem Kegel ab und beugt sich tief nach unten. Warum muss das Loch bloß so klein sein? Ist das fummelig!

Doch schließlich hat Conni es geschafft. Sie wendet und muss auf dem Rückweg aus einem zweiten Kegel eine neue Fahne mitbringen. Die überreicht sie dann an Liska, die als Nächstes reitet. Genau wie bei dem Eimer-Spiel machen sie unzählige Durchgänge. Bis es nach und nach immer besser läuft.

Nach dem Üben ist Conni k.o., aber glücklich.

„Das hat echt Spaß gemacht“, findet sie.

„Ja, und wie!“ Anna strahlt.

Auch den Ponys scheint es gefallen zu haben. Karlina ist bester Laune und genießt das Putzen.

„Das ist doch was anderes, als auf der Weide zu stehen, was?“, fragt Conni und schlingt ihren Arm um den dicken Ponyhals.

Fast wie Ostern

Vor dem Abendessen helfen alle mit, Hühnereier zu suchen.
„Meistens legen sie die Eier ins Nest vom Hühnerstall. Aber manchmal eben auch nicht“, sagt Frau Behrens. „Dann ist noch eins im Gebüsch oder sonst wo versteckt!“
„Nur eins?“, fragt Liska enttäuscht.
„Na, allerhöchstens zwei“, nickt Frau Behrens. „Wir haben ja nur vier Hühner!“
„Dann los! Wer findet das Ei?!“, ruft Lars.
Alle fünf Kinder stürmen nach draußen. Aufgeregt laufen sie kreuz und quer über den Hof und machen sich auf die Suche.
„Das ist ja fast wie Ostern“, lacht Conni.
„Nur schade, dass die Eier nicht aus Schokolade sind“, grinst Lars.

Conni sucht im Stall und auf der Wiese. Aber Pustekuchen! Kein Ei – nirgends.
„Ich hab eins!“, ruft Moritz da und hält seinen Fund hoch in die Luft.
Mist!, denkt Conni. Jetzt gibt es höchstens noch ein Ei zu finden.
In dem Moment kommt Anna angelaufen.
„Ich hab auch eins! Guckt mal!“, jubelt sie und trägt ihr Ei stolz in die Küche.
Conni kommt ihr hinterher.
Das war's wohl heute mit dem Eiersuchen. Na, hoffentlich hat sie morgen mehr Glück!

Frau Behrens nimmt Annas Ei. „Wo hast du denn das gefunden?“
„Im Hühnerstall, im Nest!“, erklärt Anna wichtig.
„Da hat außer mir nämlich keiner nachgeguckt.“
„Und jetzt willst du das bestimmt morgen zum Frühstück haben?“, erkundigt sich Frau Behrens.
„Ja, gerne!“ Anna strahlt.
„Na, dann guten Appetit!“ Frau Behrens wirft ihr das Ei im hohen Bogen zu.

„Nicht!“, ruft Anna entsetzt. Aber zum Glück fängt sie es und staunt nicht schlecht, dass es noch ganz ist.
„A-aber wieso …?“, stammelt sie.
Frau Behrens lacht. „Das ist aus Gips und bleibt immer im Nest. Dann legen die Hühner ihre Eier umso lieber dazu.“
„Super gemacht, Anna!“ Die Jungs lachen sich fast kaputt. „Bist genauso schlau wie die Hühner!“
Und Anna? Die bringt mit roten Wangen ihr Gipsei blitzschnell zum Hühnerhaus zurück.
Moritz’ Ei dagegen ist selbstverständlich echt.
„Der findet immer eins“, schwärmt Frau Behrens.
„Klaro!“, prahlt Moritz. „Ich kenn halt jedes Versteck.“
Conni grinst. Wenn das so ist, wird sie sich das nächste Mal einfach heimlich an seine Fersen heften. Dann kennt sie auch alle Verstecke!
Beim Abendessen haben heute alle großen Appetit. Kein Wunder nach dem Training. Das viele Üben macht sich jedoch noch ganz anders bemerkbar …
„Vom lauter Aufspringen tut mir mein Po richtig weh!“, lacht Conni.
„Dann wartet mal, was morgen ist!“, meint Frau Behrens.

Am nächsten Morgen kommt Conni kaum aus dem Bett. So einen Muskelkater hat sie. Anna und Liska geht es nicht besser. Wie drei Omas laufen sie die Treppe zum Frühstück hinunter.

„Ihr denkt wohl, wir haben euch nicht gehört?“, begrüßt Frau Behrens die Mädchen.

„Wobei denn?“, fragt Conni verdutzt.

„Wenn ihr in aller Herrgottsfrühe auf dem Hof rumschleicht, solltet ihr wenigstens keine Eimer umschmeißen“, lacht Herr Behrens.

„Aber wir waren gar nicht draußen“, ruft Anna und blickt zu den Jungs, die bereits am Küchentisch sitzen.

„Wir auch nicht“, behauptet Lars.

Moritz wird rot. „Ähm, vielleicht war ich das“, murmelt er. „Ihr wisst ja … ich …!“

„Ach, du meine Güte, ich hatte ja ganz vergessen, dass du schlafwandelst!“, ruft Frau Behrens.

„Aber nur ganz selten“, verteidigt sich Moritz.

„Dann ist ja alles gut“, meint Herr Behrens.

„Nur dass du bei dem Krach nicht selbst

aufwachst? Ich bin heute fast aus dem Bett gefallen."

Jetzt, wo es Herr Behrens sagt, fällt auch Conni ein, dass sie einmal kurz aufgewacht, aber dann gleich wieder eingeschlafen ist.

Sie blickt zu Moritz rüber. Der mümmelt kleinlaut sein Frühstück. Die ganze Sache scheint ihm hochpeinlich zu sein. Dabei kann er ja gar nichts dafür.

„Bekommst du denn wirklich nichts mit, wenn du schlafwandelst?", fragt sie ihn später.

„Wenn ich nicht aufwache, nicht", grummelt Moritz und läuft schnell davon. Damit sie nicht weiterfragt.

„Was haltet ihr davon, wenn wir heute nur Spiele üben, bei denen man nicht auf- und abspringen muss?", fragt Frau Behrens augenzwinkernd.

„Oh ja, das klingt super", ruft Anna erleichtert.

„Supersuper sogar", meint Conni.

Was anderes würde heute auch gar nicht klappen. Schon beim ganz normalen Aufsteigen bekommt Conni ihr Bein kaum über den Sattel.

„Wir fangen mit Slalom-Reiten an. Das kennt ihr ja schon!"

Frau Behrens stellt Stangen auf. An denen sollen sie mal rechts, mal links vorbei. Dann müssen sie wenden und wieder zurück. Als Conni dran ist, will Karlina nicht so recht einsehen, wieso sie nicht einfach an den Stäben vorbeitraben kann. Geradeaus ginge doch viel schneller.
„Schön die Schenkel einsetzen“, ruft Frau Behrens.
Das macht Conni auch. Trotzdem ist es mühsam! Nach ein paar Durchgängen geht es schließlich besser. Und als sie am Schluss auf Tempo gehen, zeigt sich Karlina von ihrer besten Seite.
„Toll gemacht!“, lobt Conni und klopft ihrem Lieblingspony dankbar den Hals.
„So, und das Ganze probieren wir jetzt mal als Staffel“, erklärt Frau Behrens.
Bei Liska und Anna läuft alles prima. Doch als Conni den Staffelstab an Moritz weitergeben will, hat sie nicht mit Max gerechnet. Der tänzelt, als Karlina auf ihn zu prescht, nervös zur Seite. Erst nach einigem Hin und Her hat Moritz endlich den Stab.
„Das muss später deutlich schneller gehen“, tadelt Frau Behrens.
Conni schluckt. Als ob sie das nicht wüsste!

„Wer war das denn?!“ In der Mittagspause hat Frau Behrens ihre Ringelblumen entdeckt. Oder zumindest das, was von ihnen übrig ist: nicht viel mehr als ein paar kahle Stängel.
„Da hatte wohl jemand Hunger“, murmelt Conni.
„Ja, das werden die Hühner gewesen sein“, vermutet Moritz.
„Die kommen doch sonst nicht auf die Terrasse“, seufzt Frau Behrens. Aber die Blumen schmecken anscheinend.
„Vielleicht müssen wir sie besser füttern“, lacht Herr Behrens.
Wahrscheinlich hat er recht. Denn Agatha, Blümchen, Edelweiß und Dotti sind anscheinend noch längst nicht satt, sondern streiten sich wie wild um die Salat- und Gemüsereste, die die Kinder nach dem Mittagessen an sie verfüttern dürfen.
Am Nachmittag geht das Training weiter. Und

zwar erst einmal ohne Ponys. Trotz Muskelkater balancieren Conni und die anderen blitzschnell über die umgestülpten Eimer, machen Staffellauf und spießen mit langen Lanzen Ringe auf.
„Wie bei einem Ritterturnier!", strahlt Lars.
Conni nickt und visiert den nächsten Ring an. Puh! Die Dinger sind gar nicht so leicht zu treffen. Und später muss ihnen das vom Sattel aus gelingen ...
„Würdet ihr noch einmal Eier suchen?", bittet Frau Behrens vor dem Abendessen.
Diesmal lässt Conni Moritz nicht aus den Augen. Zuerst läuft er zu den Johannisbeersträuchern, dann schaut er unter der Holzbank nach, dann hinter dem kleinen Holzschuppen. Er sucht bei den Blumenbeeten und in der Scheune, wo das Stroh gelagert wird. Conni beschattet ihn wie eine Meisterdetektivin. So findet sie zwar selber kein einziges Ei, aber dafür kennt sie fürs nächste Mal alle Verstecke!

Unheimlicher Besuch

Als Conni am nächsten Tag aufwacht, geht eben die Sonne auf. Sie schaut auf die Uhr. Es ist noch verflixt früh. Gerade will sie sich wieder umdrehen, als sie etwas hört. Schnell schlüpft Conni aus dem Bett, öffnet leise das Fenster und lugt hinaus. Sehen kann sie nichts, aber sie hört Schritte auf dem Hof. Wer ist denn schon so früh unterwegs?

„Was machst du denn da?“ Anna ist aufgewacht. Und weckt mit ihrer Frage auch Liska.

„Da schleicht sich jemand auf dem Hof herum“, flüstert Conni. „Wollen wir nachsehen?“

„Nein“, brummt Liska und dreht sich um.

Und Anna will natürlich auch nicht.

„Dann geh ich eben allein!“, meint Conni. Schlafen kann sie jetzt sowieso nicht mehr.

„Oah, du bist so eine Nervensäge", grummelt Liska und setzt sich auf.
„Du kommst mit?" Conni strahlt.
„Ich auch!", meint Anna schnell. Denn etwas verpassen will sie doch nicht.
Rasch ziehen sie sich Schuhe an und einen Pulli über den Schlafanzug. Dann laufen sie auf Zehenspitzen die Treppe hinunter und schlüpfen nach draußen in die kühle Morgenluft.
„Pssst!", macht Liska.
Sie bleiben stehen und lauschen. Und auch, wenn sie nicht wirklich was hört, hat Conni das Gefühl, dass sie nicht alleine sind. Wieder raschelt es irgendwo.
„Hallo?", fragt Conni leise.
Stille.
„Merkwürdig", flüstert Conni.
„Das ist bestimmt nur Moritz, der schlafwandelt wieder", meint Liska.

„Oder die Hühner", überlegt Anna.
„Die sind doch im Hühnerhaus", sagt Liska.
„Dann ein Fuchs vielleicht", piepst Anna aufgeregt.
Die Mädchen schauen sich an und schleichen Richtung Hühnerstall. Doch dort ist alles ruhig. Die Tür ist verschlossen und die Hennen schlafen vermutlich noch auf ihren Stangen.
Da raschelt es wieder, dann hören sie Schritte.
„Das kommt von der Scheune", wispert Conni.
Ganz leise laufen sie hinüber und drücken sich gegen die Scheunenwand. Wieder ist alles still. Dann knirscht und knackt es ein wenig. Und zwar hinter der Scheune. Conni tastet sich an der Wand entlang. Holt tief Luft und lugt um die Ecke.
„AAAAAAH!", kreischt sie.
„AAAAAAH!", schreit auch Lars. „Mensch, hast du mich erschreckt!"
„Ihr seid so doof", zischt Moritz.
Die beiden Jungs sind im Gegensatz zu den Mädchen schon richtig angezogen. Von Schlafwandeln kann keine Rede sein.
„Was macht ihr hier?", fragt sie.
„Wir hatten Schritte gehört", flüstert Moritz.
„Wahrscheinlich wart ihr das."

„Wir haben auch Schritte gehört“, sagt Conni.
Sie schauen sich an.
„Schleicht ihr schon lange hier herum?“, mischt sich Liska ein.
Lars schüttelt den Kopf. „Nee. Ihr?“
„Auch nicht.“
In dem Moment kracht und scheppert es. Schritte hasten über den Hof. Aber als sie um die Ecke gucken, ist niemand mehr zu sehen.
Ein Fenster geht auf.
„Was macht ihr denn da schon wieder?“, ruft Herr Behrens. „Der Wecker klingelt erst in einer halben Stunde!“
„Das waren wir nicht“, ruft Conni hinauf. „Da war jemand hier.“
„Wer denn?“, fragt Herr Behrens.
„Keine Ahnung“, stammelt Conni.
„Der ist weggelaufen“, hilft Lars aus.
„Egal! Geht in eure Zimmer“, donnert Herr Behrens. „Und wehe, ich höre noch einen Mucks von euch!“
Natürlich würden sie lieber nachschauen, was da gescheppert hat. Doch Herr Behrens bleibt so lange am Fenster stehen, bis sie sich wieder ins Haus begeben. Da haben sie keine Chance. Mist!

Kaum aber ist Aufstehzeit, sausen die drei Mädchen fix und fertig angezogen nach draußen. Und da sehen sie die Bescherung: Vor dem Küchenfenster liegt ein zerschmetterter Blumentopf. Jemand muss sich an Frau Behrens' Kräutertöpfen zu schaffen gemacht haben. Die Hälfte des Basilikums und der Kresse fehlt.

„Und ihr habt wirklich nichts mit der Sache zu tun?", fragt Herr Behrens beim Frühstück – immer noch ein bisschen grummelig.
„Nein, ganz sicher nicht", beteuert Anna.
„Wir waren hinter der Scheune, als das passiert ist. Alle fünf", sagt Liska.
„Na gut", brummt Herr Behrens.
„Und es können nicht die Hühner gewesen sein", sagt Conni. „Die waren ja noch weggesperrt."
„Vielleicht haben sie nicht mal die Ringelblumen gefressen", überlegt Moritz.

„Aber wer denn sonst?“, fragt Frau Behrens verdattert. „Also, merkwürdig ist das schon …“
Das findet Conni auch. Allerdings hat sie keine Zeit, länger darüber nachzudenken. Denn gleich nach dem Frühstück geht das Training weiter. Heute sollen sie zu zweit reiten. Seite an Seite. Dabei hält Conni das eine Ende eines Seils, Anna das andere. Zum Glück verstehen sich Karlina und Stern gut. Max und Nero bocken mehr rum. Die beiden müssen mal wieder zeigen, dass sie die Schnellsten und Besten sind. Liska reitet zunächst allein, dann mit Anna. Jetzt müssen sich Kaspar und Stern arrangieren. Und Conni versucht mit Moritz eine Runde zu drehen.
„Am Ende müsst ihr paarweise einen Slalom reiten“, verrät ihnen Frau Behrens.
Conni und Moritz schauen sich an.
„Wie soll das denn gehen?“, brummt Moritz.
„Keine Ahnung“, japst Conni. Sie hat gerade wieder ihr Seilende verloren. Kein Wunder: Max ist so schüchtern, da bräuchte sie schon Teleskop-Arme.

Die Mittagspause nutzen Conni, Anna, Liska, Lars und Moritz, um den Hof nach verdächtigen Spuren

abzusuchen. Doch auf dem Kies sind keine Fußabdrücke zu sehen. Zu dumm, dass es in letzter Zeit nicht geregnet hat.
Auch sonst finden sie nichts Verdächtiges.
„Wenn wir wenigstens wüssten, wonach wir suchen sollen“, murmelt Lars.
„Ob das vielleicht Caramella war?“, hofft Anna.
„Aber die Schritte, die wir gehört haben – das war doch kein Huhn“, überlegt Conni.
„Nee, ganz bestimmt nicht“, meint Moritz.
„Und was dann?“, will Liska wissen.
Alle schauen sich ratlos an. Wenn sie das nur wüssten!

„Nicht schon wieder Ottokar“, seufzt Conni.

Doch am Nachmittag üben sie mit Herrn Behrens

noch eine Runde Auf- und Abspringen, bevor sie mit Frau Behrens danach wieder ein neues Spiel lernen: „Reiten und Führen“ heißt es. Da müssen sie beim Slalomreiten das Pferd des nächsten Reiters führen. Und zwar ohne Reiter. Immerhin klappt das besser, als zu zweit den Slalom zu reiten. Aber auch das üben sie heute.
„Morgen gibt es dann zur Abwechslung mal keinen Slalom“, verspricht Frau Behrens am Ende der Stunde.
Eigentlich schade, findet Conni. Nachdem Karlina und sie den Dreh jetzt endlich raushaben.

„Wollen wir noch mal Eier suchen?“, fragt Conni, kaum dass die Ponys wieder auf der Weide stehen.
„Au ja!“, ruft Moritz. „Jungs gegen Mädchen. Wer die meisten findet!“
„Das ist unfair – zwei gegen drei!“, findet Lars.
„Egal, das gewinnen wir locker!“, meint Moritz siegesgewiss. „Ich kenne mich doch hier aus!“
„Okay!“ Lars grinst. „Aber vergiss nicht, Anna: Gipseier zählen nicht!“
„Ha, ha, ha“, grummelt Anna.
„Die ziehen mich die ganze Zeit damit auf“, beschwert sie sich bei Conni und Liska.

„Denen zeigen wir's!“, meint Conni.
Bevor ihnen die Jungs zuvorkommen, rasen sie zum Hühnerhaus. Dort erbeuten sie gleich das erste Hühnerei. Und was noch wichtiger ist: das Gipsei!
„Los, das verstecken wir jetzt irgendwo. Ich wette, zumindest Lars fällt drauf rein“, kichert Conni.
„Tolle Idee!“, ruft Liska. „Ich weiß auch, wo!“
Sie führt sie hinter die Scheune und zeigt ihnen eine kleine Sandkuhle. „Hier haben Lars und ich gestern ein echtes Ei gefunden.“
„Super, bestimmt guckt er da wieder nach!“, wispert Anna aufgeregt.
„Ja, und dann lachen wir ihn aus“, kichert Conni.
Die drei Mädchen klatschen ab.
Dann läuft Conni die Eier-Verstecke ab, die sie von Moritz kennt. Doch dummerweise waren die Jungs schneller.
„Wir haben zwei“, ruft Moritz. „Und ihr?“
„Eins“, brummt Liska.
„Lasst doch mal sehen!“, ruft Anna.
Conni sieht es mit einem Blick: Die beiden Hühnereier sind echt. Mist! Jetzt haben die Jungs gewonnen und sind nicht einmal auf ihren Gipsei-Trick reingefallen.

Ach, du dickes Ei!

Erst am nächsten Morgen fällt Conni das Gipsei wieder ein. Das haben sie ganz vergessen. Und da es die Jungs nicht gefunden hatten, muss es immer noch in der Kuhle liegen. Also rennt Conni gleich nach dem Frühstück hinter die Scheune, um es zu holen. Es gehört schließlich ins Hühnerhaus!
Das Gipsei liegt tatsächlich noch in der Kuhle. Und da liegt noch ein Ei. Aber was für eins?! Es ist groß wie eine Kokosnuss. Conni schnappt nach Luft.
Im nächsten Moment muss sie lachen. Natürlich! Die Jungs haben ihren Trick durchschaut und revanchieren sich nun mit einem Monster-Ei! Doch wenn die jetzt darauf warten, dass eine von ihnen das Ding anschleppt, haben sie sich geschnitten. Darauf fällt nicht mal Anna rein. So ein Riesenei gibt's ja gar nicht!

Neugierig betrachtet Conni das Ei. Woraus ist das eigentlich? Es sieht wirklich täuschend echt aus. Conni hebt es hoch und schluckt: Es fühlt sich auch echt an.

Genauso wie die Hühnereier – nur dass es eben größer und schwer ist. Und die cremefarbene Schale hat die gleichen kleinen, feinen Poren überall. Das kann man doch unmöglich nachmachen?!
Ratlos starrt Conni auf das Ei. Kein Huhn der Welt kann ein Ei legen, das fast so groß ist wie es selbst!
Inzwischen ist es Conni egal, wenn sie jemand auslacht. Sie muss das Ei den anderen zeigen. Vorsichtig läuft sie damit auf den Hof.
„Kommt und schaut mal!“, ruft sie.

Im Nu haben sich Anna, Liska, Moritz und Lars um Conni versammelt.
„Das ist doch nicht echt!“, lacht Liska.
Conni reicht ihr vorsichtig das Ei.
„Oh verdammt!“, stammelt Liska.
„Lasst mal sehen.“ Moritz hält es gegen das Licht.
„Wow, so was hab ich ja noch nie gesehen!“
Conni schaut ihn fest an. Er scheint es ernst zu meinen. „Es ist also echt?“
Moritz gibt ihr das Ei zurück. „Würde ich sagen.“
„Und wer legt so große Eier?“, staunt Anna.
„Dinosaurier!“, ruft Lars.
„Nein, das ist ein Drachenei“, kichert Liska. „Und wenn Conni es ausbrütet, fliegt sie demnächst lieber mit ihrem Drachen herum, als auf Ponys zu reiten.“
„Das wäre echt cool!“, findet Lars.
„Finde ich auch“, grinst Conni.
„Ihr seid echt bescheuert!“ Moritz rollt mit den Augen. „Lasst uns doch mal in Ruhe überlegen.“

„Okay. Also, wenn das Ei von einem Vogel ist, muss der groß sein. Größer als ein Huhn“, meint Conni.
„Eine Gans? Oder ein Storch vielleicht?“, rät Anna.
„Oder ein Kranich!“, überlegt Liska. „Die gibt’s hier doch auch!“
„Die Eier vom Kranich sind braun und längst nicht so groß!“ Moritz schlägt sich auf einmal gegen die Stirn. „Dass ich da nicht eher draufgekommen bin!“
„Was denn?“, ruft Anna. „Erzähl schon!“
„Das Ei könnte von einem Nandu sein“, erklärt Moritz.
„Nandu? Noch nie gehört!“, meint Lars.
„Nandus sehen aus wie Strauße, nur etwas kleiner, und wohnen in Südamerika“, ergänzt Moritz.
„Und wie kommt das Ei dann hierher, he?“, fragt Liska.
„Hier in der Gegend leben auch welche“, weiß Moritz. „Vor Jahren sind ein paar von ihnen aus einer Farm entwischt und haben sich seitdem wie verrückt vermehrt. Das hat Papa mir erzählt!“
„Vielleicht sollten wir den mal anrufen!“, schlägt Conni vor.

„Klar doch!“ Moritz probiert es, doch es geht nur die Mailbox dran: „Tierarzt Dr. Hoffmann. Bitte hinterlassen Sie Namen und Telefonnummer. Ich rufe gleich zurück.“
Statt draufzusprechen, legt Moritz einfach auf. „Wir schicken lieber ein Foto.“
„Haltet mal das Gipsei daneben!“, sagt er und macht mit seinem Handy ein Foto. „Mal sehen, was Papa dazu sagt.“
Die Antwort lässt nicht lange auf sich warten.

Wo habt ihr das denn her? Ist das ausgeblasen?

Nee! Ruf mich an!

Bin hier in 10 Minuten fertig. Dann melde ich mich.

Okay.

Als Nächstes geben sie den Behrens Bescheid.
„Ein Nandu-Ei? Wo kommt das denn her?“, staunt Herr Behrens.
„Von einem Nandu“, grinst Conni. „Und jetzt kennen wir vermutlich auch den Kräuter- und Ringelblumen-Dieb!“

„Diebin. Schließlich hat eine Nandu-Henne das Ei gelegt!“, verbessert Moritz sie und grinst.
„Ich bin wirklich gespannt, was Dr. Hoffmann sagt“, meint Frau Behrens.
„Na, und wir erst!“, lacht Liska.
Die Kinder setzen sich in den Garten ins Gras und warten. Conni hat das Ei auf dem Schoß und versucht, es warm zu halten.
„Muss das Ei nicht bebrütet werden?“, fragt sie.
„Weiß nicht!“ Moritz zuckt mit den Schultern.
Die zehn Minuten sind längst um.
Agatha tippelt vorbei, beäugt das große Ei und läuft gackernd davon.
„Wann ruft denn dein Vater endlich an?“, nölt Liska. „Das sind die längsten zehn Minuten der Welt!“
„Ist wohl noch was dazwischengekommen“, nuschelt Moritz. „Das passiert dauernd.“
In dem Moment fährt ein Auto auf den Hof. Es ist Dr. Hoffmann.
„Papa!“, ruft Moritz und läuft ihm entgegen.
„Du hast gar nicht angerufen!“

„Ich hab ja dein Foto gesehen und gedacht, ich guck lieber gleich vorbei!“, grinst Dr. Hoffmann. „Lasst mich das Prachtstück mal anschauen!“
Conni reicht ihm das Ei.
„Ist das von einem Nandu?“, fragt sie.
„Ja!“, antwortet Dr. Hoffmann. „Und wo habt ihr es her? Doch nicht etwa aus einem Nest?“
„Hinter der Scheune aus einer Kule“, murmelt sie und zeigt die Stelle. „Ich hätte es nicht wegnehmen dürfen, oder?“
„Allerdings“, sagt Dr. Hoffmann ernst. „Man nimmt keine Eier aus einem Nest. Zumindest keine von Wildtieren.“
„Oje!“, japst Conni. Was hat sie bloß gemacht?
„Normalerweise“, ergänzt Dr. Hoffmann, „wärst du gar nicht drangekommen. Da hätte der Hahn aufgepasst.“ Er schaut sich um. „Aber den scheint es hier wohl nicht zu geben. Würde mich auch wundern, so weit ab von der Kolonie. Und was ist mit der Henne, die das Ei gelegt hat? Habt ihr die gesehen?“
Die Kinder schütteln die Köpfe.
„Nandus sind groß“, staunt Dr. Hoffmann. „Und eigentlich nicht zu übersehen.“
„Wie groß denn?“, erkundigt sich Anna.

„So groß wie ihr etwa."
Conni stellt sich eine Art Strauß vor – so groß wie sie, der ihr genau in die Augen schaut. „Sind die gefährlich?"
„Nein, die Henne wird eher Angst vor euch haben", schmunzelt Dr. Hoffmann.
„Deswegen haben wir sie auch noch nicht gesehen", lacht Lars.
„Wahrscheinlich", nickt Dr. Hoffmann.
„Und was, wenn sie Küken hat?", fragt Liska.
„Keine dumme Frage", meint Dr. Hoffmann anerkennend. „Die meisten Tiermamas würden alles tun, um ihre Jungen zu schützen. Nur, bei den Nandus ziehen die Papas die Küken groß."
„Dann bist du ja auch ein Nandu", grinst Moritz.
Sein Vater strubbelt ihm lachend durchs Haar. „Ja, irgendwie schon!"
Er wird wieder ernst. „Die Nandu-Hähne haben mehrere Weibchen. Jede legt ein Ei ins Gemeinschaftsnest und der Papa brütet alle gemeinsam aus. Und auch danach kümmert er sich um die Küken."
„Den sollte man also besser nicht treffen", schließt Anna.
„Eigentlich nicht!", sagt Dr. Hoffmann und grinst.

Moritz horcht auf. „Was meinst du mit ‚eigentlich', Papa?"
„Dass man eigentlich einen Bogen um ihn und sein Nest machen sollte. Aber das werden wir nicht. Schließlich wollen wir doch das Ei dahin bringen, wo es hingehört."
„In ein Nandu-Nest?", fragt Conni.
„Genau, in eins bei der Kolonie", sagt Dr. Hoffmann. „Helft ihr mir dabei? Allein kriege ich das nämlich bestimmt nicht hin."
„Klar!", rufen Conni, Liska, Moritz und Lars. Nur Anna guckt erschrocken. „Und der Nandu-Papa?"
„Keine Sorge, den lenke ich schon ab", erklärt Dr. Hoffmann. „Aber du kannst natürlich im Auto bleiben, wenn dir das lieber ist."
Anna nickt. „Ich überleg's mir."

Nandu-Attacke!

„Natürlich verschieben wir das Training. Das ist ein Notfall!“, meinen die Behrens und begleiten sie zum Auto. „Sollen wir mitkommen?“

„Ich hab hier schon einen super Hilfstrupp. Das müsste reichen“, winkt Dr. Hoffmann ab.

Dann steigen alle in den Wagen.

„Hier, gut festhalten!“ Dr. Hoffmann reicht Conni das Ei. Er lässt den Motor an. „Alle anschnallen!“

„Wenn wir jetzt das Ei in ein Nest schummeln, merkt denn der Nandu nicht, dass es nicht seins ist?“, fragt Liska.

„Das ist wie beim Kuckuck!“, lacht Conni. „Der legt sein Ei doch auch in fremde Nester und keiner merkt's!“

Dr. Hoffmann hält bei einem Bauernhof. Der Bauer macht gerade seinen Traktor fertig.

„Hallo, Herr Krause!“ Dr. Hoffmann steigt aus.
„Hallo, Herr Doktor, ich hab Sie gar nicht gerufen“, meint der Bauer verdutzt.
„Ich weiß.“ Dr. Hoffmann lächelt. „Es geht um die Nandus. Wissen Sie vielleicht, wo die stecken?“
„Klar weiß ich das!“ Herr Krause stellt sich breitbeinig hin. „Die sind in meinen Feldern und fressen mir den Raps weg!“
„Super!“, rutscht es Conni heraus. Und meint natürlich, dass sie die Nandus gefunden haben.
Der Bauer schaut sie grimmig an.
„Brüten die auch auf Ihren Feldern?“, will Liska wissen.
„Nee, die kommen nur zum Fressen“, winkt Herr Krause ab.
„Wir suchen aber Nester“, sagt Dr. Hoffmann.
„Da müssen Sie dahinten rechts die Feldwege hoch“, meint Herr Krause. „Da werden Sie schon welche entdecken.“
„Vielen Dank, Herr Krause! Ich wusste doch, dass Sie mir helfen können!“ Und damit steigt Dr. Hoffmann wieder ins Auto.
Sie rappeln den Sandweg entlang. Und sehen in den Feldern rechts und links tatsächlich jede Menge

Nandus. Conni beginnt zu zählen, gibt dann aber auf. So viele sind es.
Am Ende des Wegs ist eine Brache mit ein paar Bäumen. Und dort sitzt gar nicht weit ein Nandu und brütet.
„Bingo!“, ruft Moritz. „Da haben wir schon unser Nest!“
Dr. Hoffmann fährt, soweit es geht, heran. Dann stellt er den Motor aus. Er nimmt ein Fernglas aus dem Handgepäck und beobachtet den Nandu eine Weile. Und als der Vogelpapa ein wenig hin und her ruckelt, blitzt unter seinem Gefieder etwas Weißes auf.

„Das sind lauter Eier. Noch nichts geschlüpft, soweit ich sehe“, meint der Tierarzt. „So, nun hört mal gut zu: Ich locke den Nandu vom Nest weg und lenke ihn ab. Und einer von euch legt blitzschnell das Ei dazu. Wer will?“

„Ich!“, rufen alle außer Anna.
Dr. Hoffmann dreht sich um. „Ich glaube, Conni hat das Ei gefunden, oder?“
Conni nickt.
„Okay, dann ist die Sache doch klar“, meint Dr. Hoffmann. „Ihr anderen wartet beim Wagen und kommt Conni zur Not zu Hilfe, okay?“
„In Ordnung!“ Langsam steigen sie aus dem Auto. Selbst Anna kommt mit nach draußen.
„Lasst die Türen weit auf und springt schnell ins Auto, wenn’s sein muss“, mahnt Dr. Hoffmann.
Conni schluckt. So ganz harmlos klingt das nicht. Aber sie wird es jetzt durchziehen. Schließlich wollte sie es ja unbedingt …
Dr. Hoffmann geht in einem weiten Bogen auf den Nandu zu. „Hej! Ho!“, ruft er und schwenkt die Arme.
Der Nandu nimmt ihn gleich ins Visier. Und als Dr. Hoffmann näher kommt, spannt der Vogel die Muskeln an. Im nächsten Augenblick wird er sich auf den Tierarzt stürzen. Conni pirscht sich währenddessen von hinten ans Nest. Mit gehörigem Abstand natürlich.
„Na, komm schon, du! Du Nandu!“, ruft Dr. Hoffmann.

Aber der Vogelpapa will die Brut nicht allein lassen. Zumindest noch nicht. Erst als der Tierarzt auf ein paar Meter herangekommen ist, springt er plötzlich auf.

„Aaaah!“ Dr. Hoffmann rennt los. Und der Nandu hinterher.

Das ist Connis Chance. Schnell legt sie das Ei ins Nest. In dem Moment schaut sich der Nandu um. Ihre Blicke treffen sich. Conni schnappt nach Luft und läuft los. Und der Nandu? Der wirbelt herum und rast nun Conni hinterher. Schließlich hat sie sich an seinem Nest zu schaffen gemacht. Conni rennt, so schnell sie kann. Sie muss sich in Sicherheit bringen, nur wo? Hier gibt es keinen Zaun, über den man springen kann. Und das Auto steht in der anderen Richtung. Da müsste sie dem Nandu ja entgegenlaufen.

„Ho, ho!", hört sie Dr. Hoffmann rufen. Er versucht den Nandu abzulenken. Conni guckt sich blitzschnell um. Der Nandu kommt immer noch hinter ihr her. Da sind ein paar Birken. Conni sprintet hinüber und dann klettert sie los. Irgendwie. Wahrscheinlich wäre sie sonst nie den glatten Stamm hochgekommen. Aber ein Nandu im Rücken verleiht Flügel. Schon ist er da und hackt nach ihren Turnschuhen. Conni klammert sich an den Stamm und zieht die Füße höher. Und der Hahn pickt bloß noch gegen den Baum. Zum Glück.

„Hierher, mach schon!", ruft Dr. Hoffmann und kommt dem Nest gefährlich nah. Zu nah. Der Hahn dreht sich um und rast nun wieder auf Dr. Hoffmann los.

„Los, ins Auto!", ruft der.

Moritz, Lars, Anna und Liska springen in den Wagen. Nur die Fahrertür lassen sie offen. Hoffentlich schafft es Dr. Hoffmann noch. Der Nandu ist ihm dicht auf den Fersen. Fast hat er den Tierarzt erreicht, als der im letzten Moment ins Auto springt und die Tür zuschlägt. Der Nandu umkreist flügelschlagend den Wagen. Schließlich läuft er zu seinem Nest zurück.

Aufgeregt schaut er sich noch einmal in alle Richtungen um. Dann schiebt er die Eier zurecht und brütet weiter.
Puh, war das knapp! Conni hat sich nach oben auf einen Ast gezogen und von dort aus alles beobachtet. Nur, wie kommt sie jetzt wieder vom Baum runter, ohne dass der Nandu Hackfleisch aus ihr macht? Sie kann ja nicht ewig hier oben sitzen bleiben. Sehnsüchtig blickt sie zu den anderen im Wagen hinüber. Doch zwischen dem Auto und ihr ist das Nest mit dem Nandu.
Schließlich lässt Dr. Hoffmann den Motor an. Und jetzt? Conni beißt sich auf die Lippen. Die fahren doch nicht ohne sie?!
Ganz langsam, in einem großen Bogen, rumpelt

der Wagen über die Wiese und hält unter Connis Birke. Conni schaut zum Nandu-Papa. Doch der bleibt zum Glück beim Nest. Mit klopfendem Herzen rutscht Conni vom Stamm hinunter und sitzt in der nächsten Sekunde sicher im Auto.
„Gut gemacht!“, sagt Dr. Hoffmann. „War doch nicht ganz ohne. Tut mir leid.“
„Ist ja nichts passiert“, murmelt Conni.
„Ich wusste gar nicht, dass du so gut klettern kannst“, meint Moritz anerkennend.
„Ich auch nicht!“, sagt Conni und lacht schon wieder.

Das große Eierkuchen-Fest

Da sie wegen des Nandu-Eis den ganzen Vormittag verloren haben, wird am Nachmittag ordentlich trainiert. Danach aber – vor und nach dem Abendessen – suchen sie nicht nur Eier, sondern auch eine Nandu-Henne. Doch von der fehlt jede Spur.
„Dann müssen wir uns morgens eben wieder auf die Lauer legen“, schlägt Liska vor.
Und das machen sie auch. Die Behrens leihen ihnen einen Wecker und dann schleichen sie am nächsten Morgen wieder in aller Frühe nach draußen. Natürlich sind auch Lars und Moritz dabei. Doch auf dem Hof bleibt alles still. Nicht ein Mucks ist zu hören, kein Schritt, kein Rascheln – gar nichts! Pech gehabt!
Dafür ist das Reittraining umso schöner. Je mehr sie reiten, desto mehr Spaß macht es. Und jeden

Tag lernen sie neue Spiele. Am lustigsten findet Conni das, wo sie Socken in einen Eimer werfen müssen. Beim „Müll-Sammeln“ sollen sie mit langen Stangen Plastikflaschen aufspießen und in die Mülltonne schmeißen.
„Oh, manno!“ Conni nimmt schon den dritten Anlauf. Vom Pony aus ist das superkniffelig.

„Morgen früh gehen wir nicht raus, sondern bleiben oben an den Fenstern stehen“, schlägt Conni am Abend vor. „Sonst verscheuchen wir die Henne wieder.“

Komischerweise hat keiner von ihnen etwas dagegen, nochmals bei Morgengrauen aufzustehen. Und das in den Ferien!
Die Jungs halten an ihrem Fenster Wache und Conni, Anna und Liska stehen lauschend an ihrem. Doch wieder ist weder was zu sehen noch zu hören.
„Wahrscheinlich hat sich die Nandu-Henne längst aus dem Staub gemacht", meint Liska.
„Ja, bestimmt ist sie zurück bei ihrer Herde", stimmt Conni zu.
„Dann ist doch alles gut!", meint Anna und gähnt herzerweichend.

Nach dem Frühstück trainieren sie weiter. Beim Drei-Bein-Rennen steigen je zwei von ihnen mit einem Bein in einen Sack und müssen so – quasi dreibeinig – ihre Ponys führen. Während Lars und Moritz ständig ins Stolpern kommen, ist das für Conni und Anna kein Problem. Als beste Freundinnen sind sie schließlich ein eingespieltes Team.
„Und wir beide sind auch ein tolles Team!", findet Conni und klopft Karlina dankbar den Hals.

„Nach dem ganzen Training habt ihr euch was

Besonderes zum Mittagessen verdient!", verkündet Herr Behrens. „Wie wär's mit Eierkuchen?"
„Oh ja! Eierkuchen!", ruft Lars.

Eierkuchen-Rezept

Pro Person

1 Ei
1 Prise Salz
100 ml Milch
75 g Mehl
Ein kleiner Schuss Sprudelwasser

1-2 Esslöffel Sonnenblumenöl für die Pfanne

Alle Zutaten (bis auf das Öl) zusammenrühren.
Am besten 15 min stehen lassen.
Noch einmal umrühren.
Etwas Sonnenblumenöl in der Pfanne heiß machen und den Teig portionsweise in der heißen Pfanne von beiden Seiten braten.

Alle helfen begeistert mit. Lars und Liska decken den Tisch. Conni, Anna und Moritz rühren den Teig an. Genug Hühnereier haben sie ja, dazu kommen Mehl und Milch, eine Prise Salz und ganz am Schluss noch ein kleiner Schuss Sprudelwasser.

Conni rührt wie verrückt. Nur gut, dass sie dabei Frau Behrens' Küchenschürze trägt.

„Spritz doch nicht so!" Anna springt kreischend beiseite.

„Ich glaube, ihr habt genug gerührt", sagt Frau Behrens. „Die Pfanne ist heiß!"

Mit einer Kelle schöpft Moritz Teig in die Pfanne. Es zischt und brutzelt.

„Ich dreh ihn um!", ruft er.

„Da nimmst du aber schön das hier", sagt Frau Behrens und drückt ihm den Pfannenwender in die Hand.

„Ich kann das auch so!", mault Moritz.

„Das will ich sehen", ruft Conni.

„Ich nicht", sagt Frau Behrens.

Also nimmt Moritz den Wender. Aber als das Telefon klingelt und Frau Behrens ins Wohnzimmer läuft, macht er es anders.

„Aufgepasst!", ruft er und wirbelt den Eierkuchen

in der Luft herum. Schon liegt er auf der anderen Seite. „Na, was sagt ihr?“
„Toll!“, findet Conni. „Ich will auch mal!“
Sie greift sich die Pfanne und holt aus.
„Niiiicht“, kreischt Anna noch.
Aber zu spät! Der Eierkuchen landet mit Schmackes auf dem Küchentisch.
„Oh!“ Conni wird rot.
„Teller knapp verfehlt“, lacht Moritz.
„Kommt, den teilen wir uns schon mal“, schlägt Conni vor. Und auf einmal finden es weder Moritz noch Anna oder Liska schlimm, dass Connis Wurf danebengegangen ist. Und Lars erst recht nicht.

Bald haben sie einen ganzen Stapel beisammen. Sie setzen sich draußen auf die Terrasse und dann geht das Eierkuchen-Fest erst richtig los. Mit lauter leckeren Sachen zum Drauftun!
„Wir haben unsere Eierkuchen früher einfach zusammengerollt und aus der Hand gegessen“, erzählt Frau Behrens. „So!“
Das lassen sich Conni, Anna, Liska, Lars und Moritz nicht zweimal sagen.
„Lecker!“ Conni schleckt sich das Apfelmus von den Lippen.

„Schoko ist am besten“, johlt Lars.
„Nee, Zimt und Zucker“, findet Moritz.
„Ordboormormolodo!“, nuschelt Liska mit vollem Mund.
„Liska!“, kichert Anna.
„Iiih, Anna!“, ruft Lars. „Isst du deinen Eierkuchen etwa mit Liska drauf?“
„Wieso?“ Anna macht große Augen.
„Na ja“, sagt Lars. „Wir haben doch gerade alle aufgezählt, was wir auf unseren Eierkuchen haben. Ich Schoko, Moritz Zimt und Zucker, Liska Ordboormormolodo und du Liska!“
„Du Doofmann“, ärgert sich Anna. „Ich hab natürlich auch Erdbeermarmelade!“

Sie sind gerade bei der zweiten Runde, als sie Hufgeklapper auf dem Hof hören.
Im nächsten Moment guckt ein Pony um die Ecke.
„Max!“, ruft Moritz und springt auf. „Was machst du denn hier?“

„Der will bestimmt auch Eierkuchen", lacht Lars. „Das ist gar nicht lustig!" Herr Behrens wird blass. „Da ist ganz sicher das Gatter auf! Oder wie ist er sonst ausgebüxt?"
„Oh nein! Dann los!", ruft Frau Behrens. Und alle laufen zur Ponyweide. Nur Moritz und Max kommen langsam hinterher.
Herr Behrens hat recht: Das Gatter steht offen.
„Fehlt eins?", fragt Anna.
Sie zählen nach: Da ist Karlina mit ihrem Fohlen. Und der schwarze Nero grast weiter hinten zusammen mit Wirbelwind. Stern, Bianca, Kaspar sind auch da. Und die faule Josefina denkt eh nicht ans Weglaufen.
„Wo ist Amadeus?", ruft Moritz, der inzwischen bei der Weide angekommen ist.
„Keine Sorge, der ist im Stall!" Conni zeigt zum Offenstall hinüber, der direkt an die Weide grenzt. Das gefleckte Zirkuspferd liegt dort im Stroh.
Moritz bugsiert Max auf die Weide. „Warum liegt er denn da?", fragt er alarmiert. „Vielleicht geht's ihm nicht gut und deswegen hat Max mich geholt!" Amadeus ist nicht nur Max' bester Freund, sondern auch Moritz' Lieblingspony. Abgesehen von Max natürlich.

„Ich schau mal nach!“ Frau Behrens geht in den Stall. Und die Kinder folgen ihr. Ganz langsam und vorsichtig, um das alte Pony nicht zu erschrecken. Doch Amadeus ist nicht krank. Trotzdem gibt es einen Grund, dass er dort hinten im Stroh liegt. Er hat Besuch. Neben ihm eingekuschelt liegt ein Vogel, der aussieht wie ein afrikanischer Strauß – nur etwas kleiner. Aber immer noch groß genug.

„Ich glaub, mich tritt ein Pferd“, flüstert Lars.

„Oder ein Nandu“, wispert Conni.

Denn jetzt haben sie die Nandu-Henne doch noch gefunden! Das Tier reckt den Hals und sieht sie erschrocken an.

Schritt für Schritt ziehen sich Frau Behrens und die Kinder zurück, um die Henne nicht zu verängstigen.

„Wie ist die hier bloß reingekommen?“, staunt Frau Behrens.

„Da hat wohl jemand das Gatter aufgelassen“, meint Liska und guckt Lars vorwurfsvoll an.

„Ich? Ganz bestimmt nicht!“, ruft Lars.

„Vielleicht hat der Nandu das Tor geöffnet“, überlegt Anna. „Mein Nicki …“

„Na ja, Türklinken runterdrücken ist das eine“, unterbricht Moritz sie. „Aber so ein Gatter …“
„Wieso soll das nicht gehen?“, fragt Conni. „Mit dem Schnabel und dem langen Hals?“
„Tja, und jetzt?“, fragt Frau Behrens verdattert.
„Wir müssen die Henne irgendwie zu ihrer Herde zurückbringen“, murmelt Conni.
„Und wie?“, fragt Liska.
„Ich könnte meinen Vater anrufen“, schlägt Moritz vor und ist schon am Handy.

Ein Nandu im Pferdehänger

Etwa zwanzig Minuten später ist Dr. Hoffmann bei ihnen und beratschlagt mit den Behrens.
„Am besten bugsieren wir die Henne in einen Pferdehänger und bringen sie zur Herde zurück“, überlegt Dr. Hoffmann.
„Und wie bekommen wir sie da rein?“, fragt Herr Behrens.
„Ganz einfach! Wir stellen den Hänger direkt ans Gatter und öffnen das Tor. Dann hat die Henne gar keine andere Wahl, als hineinzugehen!“, schlägt Frau Behrens vor.
Gemeinsam schieben sie einen der Pferdehänger zur Weide, sodass der Trailer den Ausgang blockiert, und klappen die Rampe herunter.
„So, jetzt treiben wir die Henne vorsichtig hinein“, sagt Herr Behrens.

„Die Betonung liegt auf vorsichtig“, unterstreicht Dr. Hoffmann. „Wir sollten sie nicht zu sehr erschrecken. Also nicht rufen oder rennen. Ja?“
„In Ordnung.“ Alle nicken.
Frau Behrens will neben der Rampe warten, um blitzschnell die Tür zu schließen, sobald der Nandu im Hänger ist.
Leise schleichen Conni, Anna, Liska, Lars, Moritz, Dr. Hoffmann und Herr Behrens am Zaun entlang zum Offenstall.
Die Henne hat bereits alarmiert den Kopf gehoben. Kaum kommen sie näher, springt sie auf und läuft los.

„Ja, sehr gut, ab in den Trailer“, murmelt Dr. Hoffmann, während sie langsam weitergehen, um den Nandu in die richtige Richtung zu treiben. Doch obwohl sie weder rufen, rennen noch mit den

Händen wedeln, ist die Henne außer sich. Erst flitzt sie Richtung Hänger. Kaum aber entdeckt sie Frau Behrens, dreht sie um und rast kreuz und quer über die Weide. Ganz wie ein aufgescheuchtes Huhn – oder ein aufgescheuchter Nandu eben!
Das ist den Ponys nicht geheuer. Selbst die gutmütige Josefina spielt verrückt und beginnt über die Weide zu galoppieren.

„Zurück!", ruft Dr. Hoffmann. „So hat das keinen Zweck!"
Sie klettern auf die andere Seite des Zauns und warten dort, bis sich alle wieder beruhigen.
Schließlich bleibt die Henne stehen, schüttelt ihr Gefieder und stakst in den Stall zurück zu Amadeus.
„Das scheint ja die große Liebe zu sein", brummt Dr. Hoffmann.

„Keine Liebe“, verbessert Moritz. „Sondern Freundschaft. Das ist eh viel besser!“
„Und jetzt?“, fragt Lars.
„Tja …“, seufzt Dr. Hoffmann.
„Und was, wenn wir Amadeus in den Hänger stellen?“, überlegt Conni.
Alle schauen sie an.
„Dann kommt die Henne vielleicht irgendwann dazu“, beendet Conni zögernd ihren Gedanken.
„Das können wir zumindest versuchen“, stimmt Dr. Hoffmann zu.
„Soll ich ihn holen?“, fragt Moritz sofort.
„Ja, tu das!“, nickt sein Vater.
Moritz läuft zum Stall hinüber.
„Amadeus“, säuselt er. „Komm her, komm!“
Amadeus guckt nur, rührt sich aber nicht von der Stelle.
„Jetzt wären Möhren gut“, fällt Anna ein.
„Dann hol welche, schnell!“, meint Frau Behrens.
„Und bring für den Nandu ein wenig Salat mit!“
„Ich komm mit!“ Conni läuft mit Anna zur Küche.
So schnell sie können, sind sie zurück. Mit Möhren und einem grünen Kopfsalat.

Conni streut ein paar Blätter auf der Weide aus. Eine Spur, die in den Hänger führt, in den sie schließlich den halb gerupften Salatkopf legt. Anna stattet Moritz währenddessen mit Möhren aus. Kaum sind Conni und Anna wieder von der Weide, versucht es Moritz noch einmal.
„Na, mein Lieber“, flüstert er. „Wollen wir die Nandu-Dame nach Hause bringen? Sie hat sich verlaufen. Da wollen wir doch helfen, oder?“
Amadeus schaut Moritz aufmerksam an. Als ob er ihn verstehen würde. Dann schnaubt er kurz und wackelt nachdenklich mit den Ohren.
„Ich hab hier eine Möhre für dich!“, lockt ihn Moritz.
Amadeus schaut zur Möhre. Dann zum Nandu.
„Sie muss doch zu ihrer Herde zurück“, erklärt Moritz. „Wenn du sie in den Hänger bringst, können wir sie hinfahren. Du kannst mit, wenn du willst!“
Moritz kommt noch einen Schritt auf Amadeus zu. Die Henne schaut zu ihm hinüber. Oder schaut sie auf die Möhre?
„Für dich gibt's Salat“, meint Moritz sacht.
„Komm mit und sieh nach!“
Damit geht er einen Schritt rückwärts. Dann noch

einen und noch einen. Amadeus und die Henne lassen ihn nicht aus den Augen. Und als Moritz den nächsten Schritt macht, kommen sie hinterher.
So führt Moritz sie bis zum Hänger.
Jetzt kommt es darauf an! Wie in Zeitlupe steigt Moritz in den Trailer. Die verlockende Möhre in den Händen. Doch dummerweise bleiben Amadeus und der Nandu an der Rampe stehen. Mist!
Vielleicht hätten sie Stroh auf die kahle Rampe streuen sollen, überlegt Conni, damit es natürlicher aussieht. So wird sich zumindest der Nandu nicht trauen. Und Amadeus? Conni kann sich nicht erinnern, dass er jemals verladen wurde. Wobei – als Zirkuspferd muss er das ja kennen! Und richtig: Amadeus trottet die Schräge hoch und folgt Moritz in den Hänger. Der bindet das Pony fest und schlüpft dann aus der Seitentür nach draußen.
Amadeus macht sich über die Möhren her. Kauend dreht er sich zum Nandu um und stupst dann den Salatkopf an. Bevor das Pony ihr den Salat wegfrisst, schießt die Henne in den Wagen.
Beim Fressen hört die Freundschaft auf.
Oder etwa doch nicht? Die beiden Tiere teilen sich freundschaftlich den Salat, während Frau Behrens klammheimlich die Klappe hinter ihnen schließt.

Nun haben sie keine Zeit zu verlieren. Schnell klettern die Kinder in Dr. Hoffmanns Wagen. Denn der Tierarzt fährt vor, um den Weg zu zeigen. Zum Glück wissen sie ja, wo sich die Nandus am liebsten aufhalten. Und die Behrens fahren mit dem Hänger behutsam hinterher.

Wie zwei Tage zuvor rumpeln sie über den Feldweg zu den Rapsfeldern von Bauer Krause. Bei der Nandu-Herde halten sie an. Es ist kaum zu glauben! Als Frau Behrens vorsichtig die Klappe öffnet, liegt die Nandu-Henne gemütlich im Stroh und denkt nicht daran, auszusteigen.

„Hat jemand Salat dabei?“, fragt Anna. Alle schütteln lachend die Köpfe. „Dafür ist doch Raps da“, meint Dr. Hoffmann. „Und zwar jede Menge!“

Aber bei Amadeus im Trailer scheint sie sich richtig wohlzufühlen. Erst als Moritz in den Wagen steigt, um Amadeus loszubinden, springt die Henne auf und läuft nach draußen. Im nächsten Moment ist sie im Rapsfeld verschwunden.

Amadeus wiehert zum Abschied und es gefällt ihm nicht besonders, dass er allein zurückfahren muss.

„Die Nandus bringen unseren ganzen Trainingsplan durcheinander. Erst die Sache mit dem Ei und jetzt die Henne!“, meint Frau Behrens, als sie zurück auf dem Reiterhof sind.
So fangen sie erst spät mit ihrem Nachmittagstraining an. Doch zum Glück bleibt es abends lange hell, sodass sie ein bisschen länger üben können. Völlig geschafft, aber glücklich schläft Conni am Abend ein.
Wenigstens gibt es nun auf dem Hof früh morgens keine Gespenster mehr. Und sie können endlich mal ausschlafen!

Das rote Team

Jetzt bleibt nur noch ein allerletzter Trainingstag. „Heute wiederholen wir alle Spiele, und zwar auf Zeit!“, begrüßt sie Frau Behrens nach dem Aufwärmen. „Vorher losen wir aus, wer als Letztes reitet. Der oder die trägt an dem Helm dann ein weißes Band, damit die Jury genau sehen kann, wann ein Team durch ist.“
Sie müssen Strohhalme ziehen. Und Conni hat eindeutig den kürzesten gezogen.
„Du reitest jetzt immer als Letzte!“, verkündet Frau Behrens.
„Okay“, nickt Conni. „Ist das denn gut oder schlecht?“
„Wie man's nimmt“, antwortet Frau Behrens. „Von der Letzten wird erwartet, dass sie besonders gut ist, um noch alles aufzuholen. Das ist natürlich fies,

denn du kannst bei einem Ritt ja nicht alle Fehler des Teams wiedergutmachen. Wenn du es schaffst, bist du der Held, aber wehe, wenn nicht ..."
„Ich habs geahnt", murmelt Conni erschrocken. „Letzte zu sein ist totaler Mist."
„Irgendjemand muss es ja machen", sagt Frau Behrens und reicht ihr ein breites, weißes Band. „Das ist dein Kappenband. Zieh das am besten gleich schon über deinen Helm, dann vergisst du es morgen nicht!" Sie schaut Conni ernst an. „Ohne Kappenband dürfen wir nicht antreten."
„Oje, auch das noch!" Schnell streift Conni das Band über den Helm und zupft es zurecht. Dann beginnt auch schon das Training.

Während sie am Vormittag alles wiederholt haben, was noch nicht sitzt, machen sie am Nachmittag – so wie beim Turnier – ein Spiel nach dem anderen.

Dazwischen baut Herr Behrens das Spielfeld blitzschnell um und stellt Stangen oder Fässer auf. Je nachdem, was sie brauchen.
Conni gibt sich alle Mühe. Kaum ist sie dran, prescht sie mit Karlina los. Steckt Fahnen und Becher um, gabelt Ringe und alte Flaschen auf und wirft Socken in den Eimer.
Immer, wenn sie paarweise dran sind, reitet sie zusammen mit Anna. Und das Tolle ist: Nicht nur Anna und sie verstehen sich bestens, sondern auch Stern und Karlina. Die sind mindestens genauso dicke Freunde wie sie!
„Wir schaffen das morgen schon!“ Conni bindet Karlina zum Putzen an. Und nimmt ihren Helm ab. Puh, ihr ist ganz schön heiß darunter geworden. Karlina wird abgesattelt und bekommt noch eine hingebungsvolle Streicheleinheit mit Striegel und Kardätsche.
„Nach dem Turnier ist die Woche hier schon wieder vorbei“, erzählt Conni, als sie Karlina zur Weide zurückführt. „Schade, oder?“
Karlina scheint es auch zu bedauern, denn sie lässt sich noch eine ganze Weile von Conni streicheln, bevor sie mit Lieselotta ausgelassen über die Weide trabt.

Als Conni ihren Reiterhelm holen will, versucht sich gerade Blümchen auf ihm niederzulassen. Typisch! Die Henne liebt es, von oben Ausschau zu halten. Nur kann sie sich auf dem Helm nicht halten und rutscht mit den Füßen immer wieder zu beiden Seiten ab. „Ach Blümchen!“, kichert Conni. Es sieht zu komisch aus.

Das Huhn schlägt aufgeregt mit den Flügeln und flattert schließlich laut gackern davon.
„Du bist mir eine!“, lacht Conni.
Doch das Lachen vergeht ihr, als sie sieht, was Blümchen in ihrer Aufregung angerichtet hat: Ihr Helm und das schöne weiße Kappenband sind völlig vollgekleckst.
Im Badezimmer schrubbt Conni beides wieder sauber. Den Helm rubbelt sie mit einem Handtuch ab. Das Kappenband hängt sie über die Heizung. Hoffentlich ist es bis morgen wieder trocken!

Nach dem Abendessen verteilt Frau Behrens rote T-Shirts an die Kinder.
„Die Teams werden nach Farben unterschieden. Und ihr seid das rote Team“, verrät sie.
„Rot ist ja doof“, schmollt Moritz.
„Von wegen! Das ist meine Lieblingsfarbe“, kontert Conni.
„Eben! ’ne richtige Mädchenfarbe“, brummt Moritz.
„Klar, der Weihnachtsmann ist ja auch ein Mädchen“, kichert Conni.
„Und wusstet ihr, dass die meisten Porsches von Mädchen gefahren werden?“, fragt Anna. „Sonst wären die ja nicht rot!“
„Deswegen ist Ferrari ja auch das Mädchenteam bei der Formel 1“, lacht Liska. „Und bei Bayern München …“
Sie kommt nicht weiter.
„Bayern München!“, ruft Lars und schlägt Moritz krachend auf die Schulter. „Die haben doch auch rote Trikots! Genau wie wir!“
„Na ja“, murmelt Moritz kleinlaut. „Dann ist Rot vielleicht doch ganz okay.“
„Ganz okay? Das ist voll cool!“, freut sich Lars.
„Finde ich auch!“ Conni strahlt übers ganze

Gesicht. Dass Rot eine voll coole Farbe ist, hat sie schon immer gewusst!
Frau Behrens schickt sie zeitig ins Bett.
„Wir müssen morgen schließlich früh hoch!", mahnt sie.
Aber natürlich können Conni, Anna und Liska nicht gleich einschlafen. Dazu sind sie viel zu aufgeregt.
„Ob das morgen klappt mit dem Turnier?", fragt Anna.
„Klar", meint Liska. „Frau Behrens hat doch gesagt, dass wir alle Anfänger sind. Zumindest, was die Ponyspiele betrifft."
„Ja, und dass es nur ein Freundschaftsturnier ist", ergänzt Conni.
„Trotzdem will ich nicht Letzte sein", grummelt Anna.
„Wer will das schon?", lacht Liska.

Conni ist die Letzte

Viel zu früh werden sie geweckt. Schon wieder! Trotzdem ist Conni gleich hellwach.
„Ich bin jetzt schon ganz aufgeregt“, ruft sie und flitzt ins Badezimmer.
Beim Frühstück hat keiner von ihnen Appetit. Nur Lars isst für zwei.
„Das mach ich immer, wenn ich aufgeregt bin“, gesteht er.

„Bei mir ist das genau umgekehrt", lacht Conni und schiebt ihren Teller beiseite.
„Schmiert euch mal alle ein Brötchen zum Mitnehmen", rät Frau Behrens. „Der Hunger kommt spätestens nach dem Turnier."
„Hoffentlich klappt das Verladen der Ponys besser als beim Nandu", lacht Moritz.
„Wir brauchen die Pferdetransporter nicht", erklärt Frau Behrens. „Wir reiten hin. Das Turnier ist gleich im nächsten Dorf. Dann sind die Ponys schon warm geritten und haben nicht so viel Stress wie mit der Fahrt im Hänger."
Umso besser, denkt Conni. Da kann doch gar nichts mehr schiefgehen!
Gemütlich im Schritt reiten sie über die Feldwege. Es ist wirklich nicht weit.

Kaum sind sie auf dem Turnierplatz angekommen und haben die Ponys versorgt, schaut Anna auf Connis Helm. „Wo ist denn dein Kappenband?"
Conni wird blass. Das hängt immer noch über der Heizung im Badezimmer!
„Mist, ich hab's vergessen!", nuschelt sie.
„Bist du verrückt?", ruft Liska.
Auch Anna ist sauer. „Ohne dürfen wir nicht mitmachen! Das hat Frau Behrens doch gesagt!"
Conni ist ganz bleich. Die ganze Woche haben sie trainiert und jetzt vermasselt sie alles. „Es tut mir so leid …"
„Davon können wir uns nichts kaufen", grummelt Liska.
Conni beißt sich auf die Lippen. Mist, Mist, Mist!
In ihrem Kopf dreht sich alles. Was soll sie bloß tun? Ihr muss irgendwas einfallen. Nur was?
„Hat eine von euch vielleicht ein weißes Stirnband oder so?", stammelt sie.
„Klar, ich hab immer einen ganzen Packen davon dabei", zischt Liska.
„Das einzig Weiße, was ich hab, sind meine Kniestrümpfe", meint Anna.
Conni horcht auf. „Kann ich die haben?"

„Meine Strümpfe?“ Anna schaut zu ihren Füßen hinunter. „Soll ich etwa barfuß reiten?“
„Du kannst ja meine Strümpfe haben“, bietet Conni an.
Anna guckt noch entsetzter.
„Habe ich gerade frisch angezogen“, ergänzt Conni schnell.
„Ja! Los, Anna“, drängelt Liska. „Sonst können wir gar nicht reiten.“
Anna seufzt. „Also gut“, sagt sie langsam und zieht ihre Schuhe aus. „Dann kriege ich aber wirklich deine Strümpfe, hörst du!“
„Kein Problem“, sagt Conni und setzt sich zu Anna ins Gras.
Anna bekommt Connis rote Socken und Conni dafür die weißen Kniestrümpfe.
Barfuß in den Reitstiefeletten fühlt sich nicht gerade supergemütlich an. Aber immerhin hat Conni jetzt ihr Kappenband. Zumindest sobald sie beide Strümpfe zu einem Ring verknotet hat.
„Was machst du da?“, ruft Anna.
Conni streift die Strümpfe über ihren Helm.
„Das sieht total bescheuert aus!“, findet Liska.
„Dafür habe ich jetzt ein Kappenband“, behauptet Conni trotzig. „Und das kann so bescheuert

aussehen, wie es will. Hauptsache, man sieht, dass ich die Letzte bin."
„Ja, du bist echt die Letzte", lacht Liska.
Gerade in dem Moment kommen Lars und Moritz dazu.
Die beiden machen große Augen. „Was hast du denn da oben? Strümpfe?"
Und dann kringeln sich die beiden vor Lachen.
„Die neuste Mode! Echt schick! Darf ich mal dran riechen?"
„Ich hab das Kappenband vergessen", murmelt Conni.
„Das Kappenband!", platzt Lars heraus und lacht plötzlich nur noch mehr. „Guckt euch das an!"
„Oh nein!", ruft Liska. „Nimm mal deinen Helm ab!"

„Mist!" Als Conni nachschaut, sieht sie, was passiert ist: Die Strümpfe sind auf dem Helm nach oben gerutscht. Conni schiebt sie wieder nach unten. Aber im nächsten Moment flutschen die Strümpfe schon wieder hoch. Auf dem runden Helm halten sie einfach nicht.
„Was können wir denn jetzt machen?", fragt Conni verzweifelt.

Die blöden Jungs sind keine Hilfe und gackern immer noch vor sich hin.
„Wir müssen die festkleben“, überlegt Liska.
„Mit Uhu?“, fragt Anna schrill.
„Mit Klebeband! Kommt!“ Liska rennt zu Frau Behrens.
Aber die hat kein Klebeband mit.
„Conni, hab ich dir nicht gesagt, du sollst es gleich über den Helm ziehen?“, schimpft sie. „Seht zu, wie ihr das hinbekommt! Sonst können wir gleich wieder nach Hause reiten.“
„Los, wir fragen jetzt alle Teams, ob sie Klebeband dabeihaben!“, ruft Liska.
Und tatsächlich: Der Teamleiter vom blauen Team zieht eine große Rolle weißes, breites Klebeband aus der Tasche.
„Danke!“, jubelt Conni.
Doch als sie damit Annas Strümpfe festkleben will, schüttelt der Mann grinsend den Kopf.
„Mach dieses Kuddelmuddel da oben mal ab“, lacht er. „Und benutz stattdessen einfach nur das Klebeband. Einmal um den Helm und du hast das beste Kappenband, das du dir denken kannst.“

„Aber klar doch!“ Conni strahlt. Dass sie da nicht selbst draufgekommen ist! Schon wickelt sie es um ihren Helm. „Noch mal vielen, vielen Dank! Sie haben mir sehr geholfen.“
„Gerne doch“, sagt der Reitlehrer. „Und nun viel Glück!“
Conni ist froh, die komischen Strümpfe vom Helm zu haben und mit einem ganz „normalen“ Kappenband anzutreten.
Und Anna ist froh, wieder ihre Strümpfe anziehen zu können. „Die sind viel schöner als deine Socken!“
Das findet Conni nicht. „Rote Socken für das rote Team passen doch viel besser. Und im Übrigen sind das meine Glückssocken!“
Da kommt Frau Behrens angelaufen. „Hier, das habe ich von einem Kollegen!“ Und reicht Conni eine Rolle mit weißem Klebeband. Dann erst fällt ihr Blick auf Connis Helm. „Ach prima! Dann ist ja alles in Ordnung. Da hast du aber echt Glück gehabt!“
„Ja, Conni hat ja auch ihre Glückssocken an!“, prustet Lars los und Moritz und er krümmen sich erneut vor Lachen.
„Die können wir jetzt gut gebrauchen“,

schmunzelt Frau Behrens. „Los, macht euch fertig. Es geht gleich los!“

Obwohl sie ja schon hergeritten sind, nimmt Frau Behrens sie alle noch einmal zum Abreitplatz.

„Je ruhiger ihr seid, desto ruhiger und konzentrierter sind eure Ponys!“, ruft sie ihnen zu.

Conni versucht ja, ruhig zu sein. Aber wie soll sie denn vor einem Turnier nicht aufgeregt sein? Auch wenn es nur ein Freundschaftsturnier ist.

Alles im Eimer?

Schließlich reiten sie in die Arena ein.
Es gibt ein paar Worte zur Begrüßung, dann pfeift der Schiedsrichter das erste Spiel an.
Sie beginnen mit „Hula-Hoop“. Moritz und Liska reiten los. In der Mitte der Bahn springt Liska ab und schlüpft durch einen Reifen. Dann steigt sie schnell wieder auf. An der Wechsellinie reitet sie dann mit Anna los, die nun durch den Reifen steigen muss. Und Anna holt Conni ab. Lars guckt diesmal nur zu. Denn pro Spiel dürfen immer bloß vier mitmachen. Als Conni durch den Reifen schlüpft, reitet das blaue Team schon über die Ziellinie. Mist! Schnell versuchen sie wenigstens noch das lilafarbene Team einzuholen. Doch die kommen knapp vor ihnen an. Conni und ihr Team sind Dritte. Immerhin von fünf.

Aber das sagt noch gar nichts, denn schon geht es weiter. Bei der Slalomstaffel sind sie Zweitschnellste. Beim Flaggenrennen vertrödelt Conni wertvolle Zeit, weil sie die blöde Flagge anfangs nicht in den noch blöderen Pylon kriegt. Erst als sie noch einmal näher heranreitet, schafft sie es und kommt als Vorletzte ins Ziel.
Und dann schmeißt Nero beim Slalom eine Stange um. Lars muss wieder zurück, um sie aufzustellen. Zum Glück geht es dem grünen Team nicht anders. Auch da muss eine Reiterin zurück. Conni grinst. Irgendwie merkt man schon, dass sie alle noch keine großen Meister sind. Trotzdem: Gewinnen wollen alle!
Beim Drei-Bein-Rennen schaffen es Conni und Anna schließlich als Erste über die Ziellinie und bekommen endlich einmal die volle Punktzahl. Juhu!
Doch am Ende liegen Team Blau und Lila so weit vorne, dass sie nicht mehr einzuholen sind. Aber Platz 3 könnten sie noch ergattern, wenn sie das gelbe Team schlagen.
„Als letztes Spiel gibt es nun ‚Flinke Füße'", dröhnt der Schiedsrichter durchs Mikrofon. Blitzschnell werden die Eimer aufgestellt.

Conni seufzt. Ausgerechnet „Flinke Füße“! Das ist irgendwie gar nicht ihr Lieblingsspiel. Aber was soll’s?

Schon reitet Lars los. Überspringt in der Eile einen Eimer und muss noch einmal von vorne starten. Dann ist Liska an der Reihe. Die rennt schneller über die Eimer, als man gucken kann. Zack, schon reitet sie über die Linie und Moritz prescht los. Conni sitzt gespannt im Sattel – bereit, jeden Moment zu starten. Zeitgleich mit der letzten gelben Reiterin galoppiert sie los, springt ab und läuft über die Eimer.
Plötzlich ist neben ihr ein Schrei zu hören. Conni schaut sich um. Das Mädchen vom gelben Team liegt am Boden. Sie muss vom Pony gestürzt sein. Conni zögert. Soll sie helfen oder ins Ziel reiten? Doch als das Mädchen sich nicht regt, lässt Conni Ponyspiele Ponyspiele sein und flitzt zu ihr hinüber. „Alles okay?“, fragt sie und reicht dem Mädchen die Hand.

Die schaut Conni groß an. Nimmt ihre Hand und lässt sich von Conni hochziehen. Doch kaum steht

sie wieder, schubst sie Conni auf den Boden und rennt zu ihrem Pony. Conni rappelt sich auf, schnell schwingt sie sich in den Sattel und prescht los. Doch zu spät: Das Mädchen reitet schon jubelnd ins Ziel. Und Conni ist Letzte.
„Was machst du auch für einen Mist!“, begrüßt Lars sie. „Du hast uns den dritten Platz versaut!“
Das hat sie wirklich. Conni hat Tränen in den Augen.
Bei der Preisverleihung möchte Conni sich am

liebsten in Luft auflösen. Aber stattdessen müssen sie und ihr Team auf den letzten Platz warten. Und alles ist ihre Schuld!

„Bevor ich die Preise vergebe, möchte ich zu dem, was da eben auf dem Turnierfeld passiert ist, Stellung nehmen“, beginnt der Schiedsrichter die Preisverleihung. „Zunächst gibt es eine Regel, die besagt, dass ein Reiter während eines Turniers auf seiner Bahn bleiben muss.“ Er blickt zu Conni hinüber. „Diese Regel wurde übertreten.“

Conni schluckt. Sie wollte doch bloß helfen! Und jetzt ist nicht nur ihre Mannschaft sauer, sondern sie bekommt sogar noch einen Rüffel von der Jury. Wäre sie nur einfach weitergeritten. Mit Scheuklappen auf!

Der Schiedsrichter hat inzwischen sein Regelbuch aufgeschlagen.

„Weiter heißt es“, liest er vor und reißt Conni aus ihren Gedanken, „wenn der Reiter von seiner Bahn abkommt und dabei eine andere Mannschaft behindert, wird seine Mannschaft vom Spiel ausgeschlossen.“

Oh nein! Conni wird leichenblass. Jetzt werden sie ausgeschlossen. Das ist ja noch schlimmer als der fünfte Platz!

„Hej“, zischt es hinter ihr. Conni dreht sich um. Es ist das Mädchen vom gelben Team, das ihr lachend die Zunge rausstreckt.
„Allerdings hat die Reiterin vom roten Team die andere Mannschaft nicht behindert“, fährt der Juror nach einem Räuspern fort. „Im Gegenteil, sie hat der Spielerin vom gelben Team wieder auf die Beine geholfen. Damit komme ich zur wichtigsten Regel bei Turnieren überhaupt: Und diese Regel heißt Sportlichkeit. Dabei geht es nicht nur um Fitness und Training, sondern allen voran um Fairness und Teamfähigkeit, um guten Umgang mit den Ponys sowie mit allen am Turnier Beteiligten. Genau das hat die letzte Reiterin des roten Teams eben bewiesen. Sie war fair, war um das Wohlergehen ihrer Mitspielerin besorgt und hat auf ihren eigenen Spielerfolg und den ihrer Mannschaft verzichtet. Die Reiterin des gelben Teams dagegen hat, nachdem ihr aufgeholfen wurde, die Spielerin mutwillig beiseitegestoßen. Damit hat sie die rote Mannschaft behindert. Dies führt, genauso wie falsches und unsportliches Verhalten, zum Ausschluss der Mannschaft. Es tut mir leid für das gelbe Team. Die meisten von euch sind untadelig geritten und haben ihr Bestes

gegeben. Doch solches Fehlverhalten kann ich unmöglich ignorieren und muss eure Mannschaft daher leider disqualifizieren."
Ein Raunen geht durch das Publikum. Conni schaut sich um. Jetzt lacht das Mädchen nicht mehr. Conni tut sie fast leid. Aber nur fast. Warum hat sie sie auch weggestoßen?
„Das rote Team erhält für die letzte Runde zusammen mit dem blauen Team die volle Punktzahl. Und damit ergibt sich folgendes Turnierergebnis: Team Blau gewinnt den ersten Platz, Team Lila den zweiten Platz, Team Rot den dritten Platz. Der vierte geht an Team Grün."
Conni traut ihren Ohren nicht. Sie haben den dritten Platz gemacht! Juhu!

„Yippie!“, jubelt ihr Team.
Anna fällt Conni um den Hals. „Toll gemacht!“
„Ja, super!“ Moritz haut Conni krachend auf die Schulter.
„War doch gut, wie du's gemacht hast“, entschuldigt sich Lars.
„Diese blöde Nuss hat das Freundschaftsturnier zu einem Unfreundlichkeitsturnier gemacht!“, kichert Liska.
„Trotzdem“, meint Conni. „Ein bisschen tut's mir für Team Gelb leid. Die anderen können ja nichts dafür.“
„Ach, die sollen sich nicht so haben“, meint Liska gut gelaunt. „Hättest du dem Mädchen nicht geholfen, wären sie sowieso Letzte geworden!“
Das stimmt allerdings. Und da strahlt auch Conni mit den anderen um die Wette.

Ein paar Hühner mehr

Kaum sind sie zu Hause, werden die Ponys versorgt und auf die Weide gebracht.
Conni fällt Karlina zum Abschied um den Hals. „Danke, du warst einfach toll!“
Da kommt auch schon Lieselotta angelaufen, um ihre Mama zu begrüßen. Karlina stupst sie zärtlich an und knabbert ein wenig an Lieselottas Mähne. Dann wirft sich die frisch geputzte Pferdemama ins Gras und wälzt sich genüsslich hin und her. Und Lieselotta? Die macht es ihr nach.
„Ihr seid mir zwei!“, lacht Conni.
Als sie mit den anderen über den Hof läuft, guckt plötzlich ein Huhn hinter der Scheune hervor. Es ist

weder so dunkel wie Agatha noch weiß wie Blümchen und Edelweiß oder getupft wie Dotti.
Moritz schnappt nach Luft. „Das ist Caramella!“
Darauf hätte Conni auch selbst kommen können.
Schließlich hat das Gefieder die Farbe von Karamellbonbons.
Caramella schaut sie an, dreht sich um und stakst hinter die Scheune. Vorsichtig folgen ihr die Kinder.
„Caramella!“, flötet Moritz. „Wie schön, dass du wieder da bist!“
Doch das ist längst nicht alles: Hinter Caramella wuseln lauter gelbe Flauschbällchen durchs Gras.
„Sie hat Küken“, quietscht Anna entzückt.
Gemeinsam zählen sie nach. Sieben Küken sind es.
„Wo hast du dich denn bloß versteckt?“, fragt Moritz.
Aber das wird wohl Caramellas Geheimnis bleiben.

„Hauptsache, sie ist wieder da!“, ruft Conni glücklich.
„Und das auch noch mit Küken!“, ergänzt Anna.
Liska und Lars haben Frau Behrens geholt.
„Das gibt es doch nicht!“ Sie strahlt. „Ich glaube, jetzt brauchen wir sieben neue Namen!“
„Alphabetisch von F bis L“, rechnet Liska aus.
So sitzen die Kinder auf der Wiese, streicheln die Küken und denken sich neue Namen für sie aus:

Von den Eltern kommt als Erster Dr. Hoffmann vorbei. Stolz präsentiert Frau Behrens dem Tierarzt Caramella mit ihren Küken.
„Die sehen alle gesund und prächtig aus“, freut sich Dr. Hoffmann.
„Das finde ich auch!“, meint Frau Behrens glücklich.
„Wo Sie jetzt mehr Hühner haben, wäre es vielleicht wirklich Zeit, an einen Hahn zu denken“, rät Dr. Hoffmann.
„Dann haut auch Caramella nicht wieder ab“, ruft Moritz dazwischen.
„Ja, da haben Sie bestimmt recht“, nickt Frau Behrens. „Wir besorgen uns einen!“
„Ich hätte eventuell schon einen Kandidaten“, sagt der Tierarzt.
„So?“ Frau Behrens zieht die Augenbrauen hoch.
„Ja, ich kenne einen Hof, auf dem sich zwei Hähne immer wieder ins Gehege kommen. Zwei richtige Streithähne sozusagen. Und dort wäre man froh, einen abzugeben. Sonst landet der womöglich im Suppentopf.“

„Oh nein! Das geht nicht!“, protestieren Conni und Anna sofort.
„Na, dann her mit ihm!“, ruft Frau Behrens.
„Hat der denn schon einen Namen?“, fragt Anna.
„Ich glaube, der heißt Heino.“
„Heino?“, fragt Frau Behrens entsetzt. „Wenn der mir die Ohren vollkräht, kommt er doch in die Suppe!“
Anna schaut Frau Behrens erschrocken an.
„War nur ein Spaß“, lacht Frau Behrens.
„Dann also abgemacht!“, meint Dr. Hoffmann. „Morgen bringe ich Ihnen Heino vorbei!“
„Wenn das H jetzt schon weg ist, brauchen wir noch einen Buchstaben mehr“, fällt Liska ein.
Prompt laufen die Kinder mit ihrer Liste in den Garten zurück.
„Wir brauchen sowieso mehr Namen“, ruft Moritz. „Schließlich können unter den Küken ja auch Jungs dabei sein!“
Conni schlägt sich gegen Kopf. „Dass wir daran nicht gleich gedacht haben.“
„Dann los!“, ruft Lars.
Und noch bevor die anderen Eltern zum Abholen eintrudeln, ist die Liste fertig:

Frieda - Fred
Gretchen - Gustav
~~Holunder~~
Isabella - Iwan
JASMIN - Jason
Karlotta - Kiki
Lucie - Lucky
Mirabella - Merlin

Weiterlesen? Weiterlesen!

Hier kommt eine Leseprobe aus „Conni und die Ponys im Schnee“:
Conni kann ihr Glück kaum fassen! Sie darf mit Anna über Silvester auf den Ponyhof. Dort treffen sie nicht nur ihre anderen Freunde wieder, sondern lernen auch ein neues Mädchen kennen: Verena. Leider entpuppt sich die Neue als ziemlich zickig und macht Conni und ihren Freunden das Leben ganz schön schwer. Aber nicht nur das! Obwohl es streng verboten ist, wagt sie alleine einen Ausritt im Schnee. Und damit bringt sie nicht nur sich in große Gefahr …
Wer es noch nicht kennt, kann hier einmal reinlesen:

* *

Kleine und große Geschenke

Klingeling! Mama bimmelt mit dem Glöckchen. Juhu! Endlich Bescherung! Jakob und Conni stürmen ins Wohnzimmer. Der Weihnachtsbaum funkelt und strahlt. Und darunter liegen die Geschenke.
„Frohe Weihnachten!“, ruft Papa und nimmt Jakob in den Arm. Auch, damit der nicht gleich zu den Geschenken flitzt.

„Zuerst singen wir ein bisschen, was meint ihr?“, fragt er.
„Oooch“, ruft Jakob enttäuscht.
Auch Conni seufzt. Noch mal warten – schrecklich!
Aber so machen sie es immer: Erst wird gesungen. Obwohl sie ja beim Krippenspiel schon genug gesungen haben, oder?
„Oh, du fröh-lich-he-he“, schmettert Conni lauthals mit und schielt dabei zu den Geschenken. Vielleicht lässt sich schon was erkennen? Was ist denn da in dem großen drin? Hoffentlich ist das für sie. Große Geschenke sind immer die besten, findet Conni. Sie muss an ihr Puppenhaus denken, das Opa ihr vor ein paar Jahren gebaut hat. Und an ihr rotes Fahrrad.
„Wer will ein Geschenk auspacken?“, ruft Mama schließlich.
„Ich!“, rufen Conni und Jakob wie aus einem Mund.
„Jakob zuerst“, sagt Mama. „Und dann Conni!“
„Okay!“ Conni nickt. Sie packen immer abwechselnd aus – das macht es spannender.
Jakob stürzt zum allergrößten Paket.
„Ist das für mich?“, ruft er.

„Ja“, sagt Mama. „Alle blauen Geschenke sind für dich und die roten sind für Conni.“
Conni schluckt. Die blauen Geschenke sind mit Abstand die größten …

Ratsch! Jakob reißt sofort das Papier auf.
„Toll!“, jubelt er, als ein Anhänger für sein Rutscheauto zum Vorschein kommt. „Das ist super!“
Was in den kleineren roten Päckchen ist, kann Conni schon ahnen: Bücher und CDs. Deshalb nimmt sie das, was noch am meisten Überraschung verspricht. Das ist etwas größer und fühlt sich ganz weich und kuschlig an. Neugierig wickelt sie es aus. Es ist ein neuer roter Ringelpulli.
Klar ist der schön. Aber so eine Überraschung war das ja wohl nicht.
Jakob packt als Nächstes einen Riesenbagger aus.

Danach macht sich Conni an das erste Buchgeschenk. Der neue Band ihrer Lieblingsponyreihe. Immerhin!
Zwischendrin bekommen auch Mama und Papa ihre Geschenke. Conni hat für sie zwei Einkaufsbeutel bemalt.
„Wie schön!“, freut sich Mama. „Jetzt gehe ich immer nur noch damit einkaufen!“
„Ich auch“, sagt Papa und gibt Conni ein Küsschen.
Über Jakobs beklebte Bilderrahmen freuen sie sich auch. Obwohl die natürlich längst nicht so hübsch sind wie ihre Taschen, findet Conni.
Weil Papa und Jakob gleich mit dem Bagger spielen, geht es erst mal nicht weiter mit der Bescherung. Obwohl: Conni hat ja noch etwas für Kater Mau.
„Frohe Weihnachten, Mau!“, flötet sie und hält ihrem Kater das Geschenk hin.
Mau liegt auf dem Sofa und öffnet nur träge die Augen.
„Na, willst du das nicht auspacken?“ Conni knistert mit dem Geschenkpapier.
Mau blinzelt und schließt wieder die Augen. Nach dem leckeren Weihnachtsessen ist er selbst für Geschenke zu faul.

„Wenn du wüsstest, was da drin ist", grummelt Conni. Die kleine Stoffmaus hat sie selbst genäht. „Aber wenn du nicht willst, dann eben nicht!"
Sie legt das Geschenk wieder unter den Baum. Schließlich greift Jakob mit den Baggerschaufeln nach dem nächsten Päckchen. Und die Bescherung geht weiter. Bald ist alles ausgepackt. Für Conni waren das noch zwei Bücher und eine CD. Die hat sie sich auch gewünscht. Aber eine kleine Überraschung dazu wäre schon nicht schlecht gewesen. Und obwohl Weihnachten ist und der Baum so schön leuchtet und es Kekse und Schokolade gibt, ist Conni ein wenig enttäuscht. Vor allem, wo Jakob viel tollere und größere Geschenke bekommen hat …
„Na, Conni, was ist denn los mit dir?", fragt Mama. „Freust du dich gar nicht?"
„Aber ja!", sagt Conni schnell.
Doch Mama kann sie nichts vormachen. „Hat der Weihnachtsmann etwa nicht genug gebracht?"
Conni nagt an ihrer Lippe. Sie kann doch jetzt nicht sagen, dass vielleicht noch eine Überraschung fehlt. Wenigstens eine klitzekleine …
Mama grinst. „Du hast noch gar nicht alles ausgepackt."

„Nicht?“ Conni springt auf und schaut noch einmal gründlich unter dem Weihnachtsbaum nach. Doch außer Maus Geschenk liegt da nichts mehr.
„Vielleicht schaust du dir die anderen Geschenke mal genauer an“, hilft Mama ihr weiter.
Conni stürzt sich auf den Pulli, faltet ihn auseinander, dreht und wendet ihn. Nichts. Dann schaut sie sich die CDs und Bücher an. Aber was soll da schon sein? Doch als sie in ihrem Ponybuch blättert, rutscht plötzlich ein Umschlag zwischen den Seiten hervor. Mit roten Wangen reißt Conni ihn auf und zieht eine Karte heraus:

Julia Boehme arbeitete als Redakteurin beim Kinderfernsehen, bis ihr einfiel, dass sie als Kind unbedingt Schriftstellerin werden wollte. Nun lebt sie in Berlin und denkt sich ein Kinderbuch nach dem anderen aus. Eigentlich, so die erste Idee, sollte Conni ein Straußenei finden. Von einem Strauß, der einer Farm entwischt ist. Doch dann las Julia Boehme von den wilden Nandus, die sich auf ihre ganz eigene Art in Deutschland eingebürgert haben. Und damit war die Sache geritzt!

Anna, Liska und ich

Wenn Anna und ich auf dem Pferdehof sind, darf Liska natürlich nicht fehlen!

rs

ars
bei
len.

Das rote Team

Zusammen sind wir ein tolles Team!

Herdis Albrecht lebt in Berlin. Sie illustriert gerne Kinderbücher, arbeitet aber auch an vielen Trickfilmen mit. Sie hätte auch wirklich gern Hühner, nur geht das in der Stadt leider nicht so gut. Doch zum Glück kann sie sich ja ganz viele Hühner zeichnen. Und einen Hahn gleich auch noch dazu!

Wenn du wissen willst, wann der nächste Conni-Band erscheint, dann abonniere den kostenlosen Conni-Newsletter mit allen Neuigkeiten für Conni-Fans!

Umschlag- und Innenillustrationen: Herdis Albrecht
Lektorat: Maya Geis : Umschlagskonzeption der Reihe: Sabine Reddig
ISBN 978-3-551-55628-8

Unser Versprechen für mehr Nachhaltigkeit
• Klimaneutrales Produkt
• Farben auf pflanzlicher Basis
• Papiere aus nachhaltiger Waldwirtschaft
• Hergestellt in Deutschland

FSC
www.fsc.org
MIX
Papier aus verantwortungsvollen Quellen
FSC® C110508

Moritz und L

Mit Moritz und
machen wir mi
den Ponysp